Dieter Grau

Das Mädchen aus Suwalki

und andere Erzählungen
über Ostpreußen

Husum

Umschlagbild: Eduard Bischoff, „Im Nehrungswald bei Pillkoppen", 1944
Abdruck mit freundlicher Erlaunbis von Herrn Prof. Hans-Helmut Lankau,
Cuxhaven
Foto: Ostpreußisches Landesmuseum, Lüneburg

Die Deutsche Bibliothek – CIP-Einheitsaufnahme

Grau, Dieter:
Das Mädchen aus Suwalki und andere Erzählungen über
Ostpreussen / Dieter Grau. – Husum : Husum, 1996
     (Husum-Taschenbuch)
     ISBN 3-88042-706-2

© 1996 by Husum Druck- und Verlagsgesellschaft mbH u. Co. KG,
     Husum
Satz: Fotosatz Husum GmbH
Druck und Verarbeitung: Husum Druck- und Verlagsgesellschaft
Postfach 1480, D-25804 Husum
ISBN 3-88042-706-2

Das Mädchen aus Suwalki

Ich weiß nicht mehr genau, wann es war, daß wir sie zum erstenmal zu Gesicht bekamen. Aber es muß wohl zu Beginn des Winters gewesen sein, denn ich erinnere mich, daß mein älterer Bruder und ich an jenem Tag auf dem schneefreien, blanken Eis des Dorfteiches von Mittag bis zum Einbruch der Dunkelheit in unseren schienenbeschlagenen Holzklumpen herumgeschliddert waren, und da zwar der Frost oft schon Ende Oktober bei uns Einzug hielt, der erste Schnee meistens aber nicht vor Mitte November fiel, könnte es so um Martini herum gewesen sein.

Wir hatten uns an jenem Nachmittag beim Spiel auf dem Eis mit anderen Dorfkindern in der trockenen Kälte weiße Nasenspitzen und gerötete Backen geholt und waren gerade dabei, unsere klamm gewordenen Wollsocken zum Trocknen über die Messingstange am Herd zu hängen, als unsere Mutter mit ihr in die Küche trat.

Das ist Tatjana, erklärte sie uns und wies mit der Hand auf eine rundliche Gestalt – oder besser gesagt: auf einen Kleider- und Tücherberg in dicken Filzstiefeln, bei dem eigentlich nur das volle Gesicht und die dunklen Augen unter dem Fransentuch vermuten ließen, daß hier ein weibliches Wesen in den Kreis unserer Familie getreten war.

Das also mußte sie sein, die Neue, die unsere Mutter aus der Kreisstadt abgeholt hatte. Wir Kinder wußten damals nicht viel über die Vorgänge an und hinter der nahen Grenze nach Beginn des Unternehmens „Barbarossa". Aber soviel war uns doch bewußt geworden: daß schon bald, nachdem sich die Kriegsmaschinerie weiter nach Osten gewälzt hatte, Männer und Frauen, zumeist jüngere, aus den westlichen Teilen Rußlands und aus Ostpolen zu uns über die Grenze gebracht worden waren, damit sie als „Fremdarbeiter" in Betrieben und auf den Höfen die knapp gewordenen männlichen Arbeitskräfte ersetzten. Auch Tatjana, soviel war uns damals schon klar, war jener Gruppe von Menschen zuzurechnen.

Verlegen lächelnd stand sie nun im hellen Licht der Propangaslampe da, ein Bündel mit Habseligkeiten vor ihren Füßen, die Hände noch immer in dem Stoffgebirge verborgen, und wartete darauf, daß sich einer ihrer annahm, denn unsere Mutter war in den Flur gegangen, um sich aus ihrem Fohlenpelz zu schälen. Uns Kindern und wohl auch unserem Vater fiel es schwer, die neue Haus- und Hofgehilfin einem bestimmten Alter zuzuordnen. Einerseits machte sie auf meinen Bruder und mich, zu denen sie vorsichtig mit ihren leicht geschlitzten Augen in Blickkontakt trat, den Eindruck einer Halbwüchsigen. Andererseits war sie aber doch von so kräftiger Statur, daß man eine voll entwickelte junge Frau hinter den dicken Stoffhüllen hätte vermuten dürfen.

Als unsere Mutter zurückkehrte, forderte sie uns auf, Tatjana erst einmal zu begrüßen und unsere Namen zu nennen. Ich ließ meinem Bruder den Vortritt, und als er brav auf sie zutrat, so etwas wie einen Diener machte und dabei die Hand in Richtung auf den Ankömmling ausstreckte, verformte sich Tatjanas Gesicht zu einem breiten Lächeln, und in ihre Augen kam ein freundlicher Schimmer, der uns anzeigte, daß die Furcht oder zumindest doch Unsicherheit, mit der sie offenbar in unser Haus getreten war, zu weichen begann. Sie zog ihre rechte Hand unter einem Wolltuch hervor, das sie um die Hüften geschlungen trug, umfaßte mit ihren kräftigen, aber keinesfalls plump wirkenden Fingern die schmale Hand meines Bruders, schüttelte sie vorsichtig, als hätte sie Angst, ihm mit ihrem Griff wehzutun, und wiederholte diese behutsame Begrüßung bei mir, der ich nach meinem Bruder schüchtern vor sie getreten war.

Als wir ihr unsere Namen nannten, sprach sie jeden zwei- oder dreimal auffallend langsam und in einer Weise nach, als müsse sie die Silben bewußt trennen. Aus Werner machte sie einen Wärnjer, und mit meinem Namen schien sie wegen des „H" am Anfang besondere Schwierigkeiten zu haben. So geriet Herbert in ihrem Munde zu einem Gärb-jert oder auch Chärb-jert, und als wir über ihre vergeblichen Versuche, unsere Namen richtig auszusprechen, zu kichern anfingen, lief eine Röte der Verlegenheit über ihr Gesicht, ihre Lippen schlossen sich, und schließlich zog sie sich das Halstuch so weit hoch, daß nur noch die Augenpartie frei blieb.

Unsere Mutter beendete die für uns alle etwas peinlich gewordene Situation, indem sie eine kleine Petroleumlampe anzündete, Tatjana an die Hand nahm und sie durch den Flur und über die Holztreppe zu dem Zimmer hochführte, das für sie in den nächsten Jahren ihr privater Bereich, ihre Schlafstelle, Wohnstube und anderes mehr sein sollte.

Es war eigentlich mein Zimmer, ein schmaler Raum, ausgestattet mit einem eisernen Bettgestell, einer Kommode, die zugleich als Waschtisch und Schreibplatte herhalten mußte, einem weißlackierten Kleiderschrank und dem grünen Kachelofen in der Ecke gegenüber der Tür. Das einzige Fenster des Zimmers ging zum Dorfteich und den ihn umgebenden Wiesen hinaus. Man sah dahinter die Reihe der Gehöfte an der Straße zum Friedhof, und wenn Regen in der Luft lag und die Sicht besonders klar war, konnte man von jenem Fenster aus über Tauerkallen hinweg bis zu den Höhenzügen jenseits der Grenze sehen. Zwar nicht gern, aber der Notwendigkeit gehorchend, hatte ich, als es hieß, das Zimmer werde für die neue Hilfe gebraucht, meine Spielsachen, Schulbücher, Bastelmaterial und andere Utensilien in das Zimmer meines Bruders geschafft und dort mein Quartier bezogen. Nur der Gedanke, von diesem im Parterre gelegenen Raum durch das Fenster direkt in unseren Garten hinter dem Haus steigen zu können, hatte mich etwas mit der Tatsache versöhnt, daß eine fremde Person mich aus meinem mir seit der frühen Kindheit vertrauten Reich verdrängen würde.

Nun zog Tatjana also oben ein, während wir uns zum Abendessen im Wohnzimmer niederließen. Als unsere Mutter sich zu uns setzte, hielt sie deren Ausweis in der Hand. Tatjana hatte ihn bei der Erfassung durch die deutschen Behörden erhalten, und nun erfuhren wir, daß sie neunzehn Jahre alt und schon verheiratet war, daß sie mit Familiennamen Akijewa hieß und aus einem Dorf nahe bei

Suwalki stammte, einer Stadt, die vor dem Krieg, wie wir wußten, zu Polen gehört hatte. In der Rubrik „Abstammung" stand Tatarin, und in der Spalte „Religionszugehörigkeit" fand sich die Eintragung: Islam.

Mit dem Namen Tataren verbanden wir Kinder die Vorstellung von wilden Reiterhorden, von Männern mit langen, dünngezwirbelten Bärten, deren Enden rechts und links von den Mundwinkeln herunterbaumelten, das Bild von furchterregenden Gesellen, die noch vor wenigen Jahrhunderten brandschatzend, mordend und plündernd auch unseren Landstrich durchzogen, viele Frauen und Kinder bis zur Krim und nach Konstantinopel verschleppt und in die Sklaverei verkauft hatten. Außerdem fiel uns ein, daß die Tataren, wenn sie einmal nicht solchem bösen Zeitvertreib nachgingen, ihr Fleisch für die Mahlzeiten unter ihren Sätteln mürberitten. Tatjana schien, selbst dem Wenigen nach zu urteilen, was wir von ihr bisher gesehen hatten, kaum in jene wilde Kategorie zu gehören. Aber was hatte es mit dem Islam auf sich? Noch nie war uns bislang jemand über den Weg gelaufen, der jener Religion zuzurechnen gewesen wäre. Zwar hatten wir in der Schule von Mohammed, dem Propheten, gehört, der mit seinem Pferd bis in den Himmel gesprungen sein soll – was selbst von uns Kindern, die wir in der Nähe von Trakehnen aufwuchsen, als eine überragende reitersportliche Leistung angesehen wurde –, und wir wußten auch, daß Mohammeds Anhänger ihre Religion mit Feuer und Schwert zu verbreiten versucht hatten, also wohl so ähnlich wie die Tataren vorgegangen waren. Aber viel weiter reichten unsere Kenntnisse nicht.

Welche Absonderlichkeiten würde Tatjana, die tatarische Mohammedanerin, an den Tag legen? Stammte sie etwa aus einem Harem und war die Geliebte eines Sultans gewesen? Würde sie am nächsten Morgen in spitzen Schnabelschuhen unsere Treppe herunterschreiten, mit gelben Pluderhosen, knappem, glitzerndem Büstenhalter und freiem Bauchnabel? Unsere kindliche Phantasie schlug wahre Purzelbäume. Es bedurfte des klärenden

Eingriffs unseres Vaters, uns wieder auf den Boden der Wirklichkeit zurückzuholen. In der Region östlich von Suwalki, so erfuhren wir, siedelten Menschen verschiedener Herkunft und Sprache: Polen, Russen, darunter auch solche tatarischer Art, von denen manche nicht Christen, sondern Moslems seien. Zudem lebten dort neben Litauern auch einige Deutsche. Das Gebiet habe nicht immer zu Polen gehört. Mal hätten die Litauer geherrscht, mal die Russen, dann wieder die Polen, und kurze Zeit seien es die Preußen gewesen, die dort das Sagen hatten. So sei das über Jahrhunderte hin- und hergegangen, wie das wechselnde Kräftespiel der Völker es bestimmt habe. Und kein Mensch dürfe sich eigentlich darüber wundern, daß in jener Gegend im Hinblick auf Herkommen, Religion und Sprache das reine Chaos walte.

Vollgestopft mit solchen Informationen, gingen wir Kinder ins Bett, noch ehe Tatjana zur abendlichen Stärkung nach dem für sie sicher anstrengenden Tag nach unten in die Küche geholt wurde. Mein Bruder und ich sprachen noch lange im Dunkeln über sie und hofften insgeheim immer noch darauf, am nächsten Morgen ein orientalisches Wunder zu erleben. Wenn sich schon nicht in meinem ehemaligen Kinderzimmer eine Haremsdame aus den vielen Stoffschichten geschält hatte, so vielleicht doch wenigstens eine tatarische Schönheit, die mit langem Zopf, über der Brust gekreuzten Armen und in bunten Lederstiefeln keß lächelnd vor uns so etwas wie einen Krakowiak oder eine Polka aufführen würde.

Aber nichts derlei geschah. Da ich von Natur aus – ganz im Gegensatz zu meinem Bruder – zu den Frühaufstehern gehörte und, wie meine Eltern behaupteten, schon mit dem ersten Hahnenschrei als Kind so putzmunter agierte wie andere nach der dritten Tasse Bohnenkaffee, begab ich mich am nächsten Tag in aller Herrgottsfrühe schon in die Küche, als die übrigen Familienmitglieder noch lange nicht ans Aufstehen dachten. Das war durchaus nichts Ungewöhnliches, und die anderen profitierten noch von meiner Neigung, den Tag so früh wie möglich zu beginnen. Berei-

tete ich doch in der Regel das Frühstück vor: stellte das Geschirr auf den Tisch, holte Butter, Marmelade und Honig aus der Speisekammer, fischte dort auch dann und wann ein Frühstücksei aus der Tiefe des Weidenkorbes, in dem die weißen oder bräunlichen Produkte unserer Hühner aufbewahrt wurden, und legte das Brot an die Schneidemaschine. Wäre ich schon in der Lage gewesen, eine unserer Kühe zu melken, dann hätte ich mich wohl auch schon in aller Frühe in den Stall begeben, um wenigstens für mich einen Becher voll kuhwarmer Milch aus dem Euter zu strippsen. In dieser Form trank ich sie am liebsten, während die anderen schon bei dem Gedanken an ein solches Getränk sich innerlich schüttelten. Sie mochten Milch, wenn überhaupt, nur in kaltem, entrahmtem Zustand.

Am Morgen nach Tatjanas Ankunft war ich besonders früh auf den Beinen. Vermutlich hatte mich die Neugier aus dem Bett getrieben, denn ich wollte unbedingt dabeisein, wenn unsere neue Gehilfin in der Küche erschien. Aber schon vom Wohnzimmer aus bemerkte ich dort Licht. Irgend jemand mußte also noch vor mir wachgeworden sein. Als ich die Tür öffnete, stellte ich fest, daß ich beim Frühaufstehen in Tatjana offenbar eine Konkurrentin bekommen hatte. Sie war gerade dabei, einen Brotlaib säuberlich zu zerteilen. Auch hatte sie bereits das Geschirr bereitgestellt, und die auf das Tablett gesetzten Frühstückszutaten bewiesen mir, daß sie schon am Abend zuvor eine gelehrige Schülerin unserer Mutter gewesen sein mußte.

Rätselhaft war mir nur, in welcher Sprache sich die beiden verständigt hatten. Mutter kannte nur wenige polnische oder russische Sprachbrocken, und daß Tatjana kein Deutsch verstand, das war uns allen schon bei Beginn ihres Aufenthaltes in unserem Haus klar geworden. Aber irgendwie mußten die beiden Frauen am Abend in der Küche zurechtgekommen sein, und daß unsere Mutter in der Zeichensprache eine Meisterin sein konnte, wenn sie es wollte, das wußten wir spätestens seit jenem Tag, an dem eine – wie es schien – taubstumme junge Zigeunerin vor unserer Haustür gestanden und bettelnd die Hand ausgestreckt hatte. Mit Staunen sahen wir Kinder zu, wie sie das bemitleidenswerte Geschöpf durch Zeichen in die Küche lotste, die junge Frau zum Sitzen aufforderte, ihr andeutete, sie solle warten, bis ihr ein Butterbrot bereitet werde, ihr auch verständlich zu machen verstand, daß sie nach einem Schal suchen gehe, den sie ihr schenken wolle, weil sie ihn selbst nicht mehr benötige – kurz gesagt: sie handhabte diese Sprache ohne Wörter in geradezu perfekter Weise, und unsere Ehrfurcht ob solchen Könnens wurde auch nicht wesentlich dadurch verringert, daß wir wenig später zwei Eierbecher vermißten, die auf dem Küchentisch gestanden hatten, an dem unser stummer Gast bei seinem einfachen Mahl saß, und wir außerdem erfuhren, daß just diese Taubstumme an anderer Stelle im Dorf sich sehr beredt gezeigt hatte.

Verlegen stand ich nun neben Tatjana und wußte nicht,

wie ich sie begrüßen sollte und ob überhaupt eine Verständigung zwischen uns möglich sein würde. Aber die junge Frau kam mir zuvor. Freundlich nickte sie mir im Schein ihrer kleinen Petroleumlampe zu – an das Anzünden des Propangaslichts in der Küche hatte sie sich wohl noch nicht herangetraut – und formulierte einen Satz, der nach „Dschjen dobry, Chärb-jert!" klang. Ich nahm an, daß ich damit begrüßt sein sollte, nickte ebenfalls und bemühte mich, freundlich zurückzulächeln.

Obwohl das spärliche Licht ihr Äußeres nur unvollkommen erkennen ließ, so war mir doch blitzartig klar, daß ich meinem Wunschbild von der Prinzessin aus dem Morgenland Lebewohl sagen mußte. Die Puppe in der Puppenhülle hatte nur wenig mit jenen grazilen weiblichen Wesen gemein, von denen die Märchen aus dem Dunstkreis Sindbads des Seefahrers berichteten. Zwar baumelte ihr auf dem Rücken ein geflochtener Zopf pechschwarz vom Kopf bis fast auf die rundliche Hinterpartie herab, aber ansonsten erinnerte wenig an Tausend-und-eine-Nacht. Tatjanas füllige Arme bildeten mit ihren üppigen Brüsten ein welliges Auf und Ab, das wohl jedem auf solche Vorzüge versessenen Scheich das Wasser im Mund hätte zusammenlaufen lassen. Auf mich jedoch wirkte diese fleischliche Fülle eher erdrückend, zumal ich Tatjana, die selbst klein zu nennen war, damals kaum bis zur Schulter reichte.

Was sollte ich mit dieser jungen Frau beginnen, deren Sprache ich nicht sprach und die mir eigentlich sehr fremd war? Ich überlegte, wie ich eine Verständigungsbrücke zu ihr schlagen könnte. Aber noch ehe mir etwas eingefallen war, hatte Tatjana wiederum die Initiative ergriffen. In der einen Hand die Petroleumlampe haltend, mit der anderen mich hinter sich herziehend, strebte sie durch den Flur der Haustür zu, öffnete sie, ohne zu zögern, schlidderte mit mir – denn die Steinplatten um das Haus herum waren weitflächig vereist – über den Hof und trat mit mir in das Halbdunkel des Stalls ein. Hätte ich nicht schon bei der ersten Begegnung mit Tatjana trotz aller Fremdheit so etwas wie Sympathie für sie empfunden, wäre mir ihr Vorgehen vielleicht unheimlich vorgekommen. Ich hätte mich möglicherweise losgerissen und wäre schreiend davongelaufen. So aber blieb ich an ihrer Seite, neugierig darauf, was sie wohl mit mir vorhatte.

Ich brauchte nicht lange auf des Rätsels Lösung zu warten. Sie zog mich vor unseren Braunen – das heißt: eigentlich hinter ihn, denn der stand mit dem Kopf zur Futterkrippe hin und wedelte mit seinem Schwanz vor unseren Gesichtern herum –, sie hob die Lampe hoch, so daß ein heller Schein auf sein blankes Fell fiel, und sagte „Kon". Ihr Tonfall war dabei so fragend, daß ich flugs begriff, ihr sei nicht so sehr daran gelegen, mir die polnische Bezeichnung dieser Tierart beizubringen, als vielmehr selber zu erfahren, wie diese Tiere in unserer Sprache hießen. Ich zeigte also in Richtung auf den Braunen und antwortete: „Pferd". Pfärrd – Pfärrd wiederholte sie aufmerksam und strahlte mich mit ihren dunklen Augen zwischen den engen Lidfalten hindurch an, weil ich auf das ihrer Meinung nach schwierige Ansinnen so bereitwillig eingegangen war. Wir wechselten zu den Wiederkäuern hinüber, und als Tatjana fragend „Krowa" sagte und ich darauf auf eine unserer Milchkühe wies und dabei möglichst deutlich „Kuh – Kuh" zu artikulieren mich bemühte, war sie ganz sicher, daß ich den Sinn dieses frühmorgendlichen Unternehmens völlig begriffen hatte.

So zogen wir durch den Stall weiter zu den Schweinen, den Hühnern, Enten, Gänsen, und bei jeder Station wiederholte sich das Gesten- und Sprachzeremoniell. Am Ende war ich es, der Tatjana zu einem zweiten Durchgang, einer Wiederholungsrunde, durch den Stall drängte. Wahrscheinlich wollte ich sie damals auf die Probe stellen, und sie bestand diese Prüfung glänzend. Nur bei den „Chühnern" und den „Tschweinen" mußte ich etwas nachhelfen. Ansonsten sagte sie alle Tiernamen ohne langes Überlegen auf und erfragte sogar noch die Bezeichnung für den Gockel, als dieser sich mit einem lauten Kikiriki vernehmen ließ, während wir uns wieder zum Haus zurückbegaben.

Nach jenem Erlebnis im Stall war das Eis zwischen Tatjana und mir gebrochen. Vielleicht faßte sie zu mir am ehesten Vertrauen, weil ich der jüngste in der Familie war und sie als junge Frau mit mir, der ich damals noch recht kindlich wirkte, in ein völlig unverdächtiges Freundschaftsverhältnis treten konnte, während ihr der Umgang mit meinem Bruder und unserem Vater – wohl auch aus jener Rolle heraus, welche ihr als Frau ihre Religion vorschrieb – nicht so unbefangen geriet.

Natürlich blieb in allen Fragen, die das Weibliche anbetrafen, unsere Mutter ihre Ansprechpartnerin. Wir merkten zuweilen, wie die beiden, als es nach einigen Wochen mit ihrer Verständigung besser klappte, in der Küche über Dinge tuschelten, die uns Jungen offenbar nichts angingen, und einmal sah ich, daß unsere Mutter, als sie aus dem Elternschlafzimmer kam, Tatjana verstohlen etwas in die Schürzentasche steckte, obwohl doch der Nikolaustag und Weihnachten längst hinter uns lagen und es solcher Geheimnistuerei eigentlich nicht bedurft hätte.

Da mein Bruder schon in der Stadt die höhere Schule besuchte und daher oft nicht daheim war, kam die Aufgabe, Tatjana in den Wortschatz der deutschen Sprache einzuführen, fast automatisch auf mich zu. Weil wir beide die Gewohnheit beibehielten, uns früh am Morgen vor dem Aufstehen der anderen in der Küche zu treffen, bot sich dort häufig Gelegenheit, die Gegenstände des täglichen Bedarfs sprachlich zu vergleichen, und es ergab sich fast zwangsläufig, daß ich auf diese Weise eine ganze Reihe von Wörtern aus ihrer Heimat lernte. Waren wir im Freien, wohin ich Tatjana oft folgte, setzten wir unsere Sprachstudien dort fort. So erfuhr ich, daß die Birnen, die wir auch Kruschken nannten, im Polnischen zu Grusze wurden und daß eine polnische Schaba bei der Eindeutschung zugleich eine Geschlechtsumwandlung zum männlichen Frosch durchmachte.

Aber auch manch ein russisches Wort geriet auf diese Weise in meine Vorratskammer ausländischer Bezeichnungen. Es zeigte sich bald, daß Tatjana – wohl aufgrund ihrer Herkunft – irgendwie doch zum Russentum tendierte, zumal ihre Eltern, wie wir später erfuhren, aus dem Wolgabecken stammten und sie, Tatjana, als Kind fast nur russisch gesprochen hatte. Unseren Kater Felix nannte sie immer „Kot", was sowohl einen polnischen als auch einen russischen Dachhasen bezeichnen konnte. Wenn es aber um die anschmiegsame Nachbarmieze Mathilde ging, zog Tatjana die russische Koschka der polnischen Kotka vor. So mochte sie wohl jemand sein, der in der Wolle polnisch gefärbt war, dessen Herz aber immer noch sehr deutlich für Rußland schlug.

Der Zufall wollte es, daß ich hinter eine ihrer Gewohnheiten kam, die der übrigen Familie viel länger verborgen blieb. Ich hatte mich eines Morgens wie üblich zu unserem Frühaufsteher-Rendezvous in die Küche begeben, traf Tatjana aber, die sich gewöhnlich vor mir dort einfand, nicht an. Ich lauschte eine Weile im Flur, aber nichts tat sich oben auf der Treppe. Hatte sie etwa an diesem Morgen verschlafen? Zunächst schwankend, ob ich gegen die Anordnung der Eltern verstoßen sollte, Tatjana nicht auf ihrem Zimmer zu behelligen, oder ob es doch besser sei, noch weiter auf sie zu warten, siegte schließlich der Reiz des Verbotsübertritts. Auf Strümpfen und am Rande der Stufen gehend, damit die Holztritte nicht knarrten, schlich ich mich treppauf bis vor Tatjanas Zimmer. Die Tür war nur angelehnt. Vorsichtig erweiterte ich den Spalt und spähte in den von der Morgendämmerung nur spärlich erhellten Raum. Das Bett war leer, soviel sah ich auf den ersten Blick, und ich vermutete schon, daß Tatjana gar nicht mehr im Zimmer sei, als ich eine murmelnde Stimme vernahm. Es war natürlich Tatjanas Stimme, aber sie kam aus dem engen Raum zwischen Bett und Kommode vom Fußboden her. Dort lag, das wußte ich, als Bettvorleger ein Ziegenfell, oder besser gesagt: das Fell meines kleines Ziegenbocks, den mir vor einigen Jahren mein Großvater als Spielgefährten bei einem Geburtstagsbesuch mitgebracht hatte. Das munter Sprünge vollführende Tier hatte schnell meine Liebe gewonnen. Um so größer war mein Kummer, als das

Böcklein sich bei einem Sprung über einen frisch ausgehobenen Dränagegraben in der Breite des Hindernisses verschätzte, in die Tiefe stürzte und sich das Genick brach. Man versuchte damals, meinen kindlichen Schmerz über den Verlust damit zu besänftigen, daß man mir das präparierte Fell als Bettvorleger in mein Zimmer legte. Das war allerdings – aus heutiger jugendpsychologischer Sicht – keine sehr tröstliche oder vernünftige Maßnahme, denn nun hatte ich den platt daliegenden Rest meines einstigen Lieblings täglich vor Augen und wurde immer an dessen schlimmes Ende erinnert.

Tatjana hatte mit meinem Zimmer auch meinen Bettvorleger übernommen. Nun kniete sie auf eben jenem dahingegangenen Ziegenbock, beugte sich nach vorn zum Fenster, neigte den Kopf fast bis auf den Boden, streckte gleichzeitig die Hände aus und murmelte etwas vor sich hin. Ich konnte mir auf dieses seltsame Verhalten keinen Reim machen, ahnte aber doch, daß es etwas Geheimnisvolles sein müsse, was Tatjana dort trieb. Ich wagte nicht, sie bei ihren seltsamen Übungen zu stören, zog mich vorsichtig auf demselben Weg, den ich gekommen war, wieder in die Küche zurück und wartete dort, bis sie unten erschien.

Was ich beobachtet hatte, blieb wochenlang mein Geheimnis. Ein Licht ging mir erst auf, als ich fast beiläufig von meiner Mutter erfuhr, daß Tatjana auch das heilige Buch der Mohammedaner, den Koran, in ihrem dürftigen Gepäck mitgebracht hatte und vermutlich täglich darin lese und Sprüche bete. Um meinen Eltern zu beweisen, daß ich mehr wußte als sie, offenbarte ich ihnen nicht ohne Stolz, daß ich Tatjana vor einiger Zeit am Morgen in ihrem Zimmer beobachtet hatte und in welcher Weise ich sie auf meinem Ziegenfell hatte agieren sehen. Ob dieser Eröffnung erntete ich von seiten meiner Eltern keineswegs Lob, sondern wurde dafür sogar noch gerügt, weil man – wie ich nun erfuhr – einen Betenden nicht neugierig beobachten solle oder gar stören dürfe. Diese eindringliche Mahnung fiel bei mir, der ich recht erschrocken über diesen Tadel war, auf fruchtbaren Boden. Tatjana konnte sicher sein, daß ich ihre Andachtszeiten von da ab respektierte.

Natürlich kannten wir uns in Tatjanas Feiertagskatalog nicht aus, und so mag es wohl vorgekommen sein, daß sie an dem einen oder anderen hohen moslemischen Festtag ganz gewöhnliche Haus- oder Feldarbeit verrichten muß- te. Dafür bezogen wir sie aber in all unsere Feiertage mit ein, die es zu feiern galt, und da sie in ihrer Heimat in en- gem Kontakt zu Angehörigen anderer Religionen gelebt hatte, mit Christen verschiedener Herkunft und auch mit Juden, hatte sie keine Schwierigkeiten, sich auf unsere reli- giösen Sitten einzustellen. Dabei markierte das erste Weih- nachtsfest, das Tatjana bei uns verlebte, einen besonderen Einschnitt im Verhältnis unserer Mutter zu ihr.

Es war den Feiertagen ein Zwischenfall vorausgegangen, der nicht folgenlos blieb. Beim Abtrocknen von Porzellan war Tatjana in der Küche eine Blumenvase aus der Hand geflutscht, zu Boden gefallen und dort in viele Stücke zer- platzt. Unsere Mutter, die unmittelbar neben dem Pechvo- gel stand, reagierte in einer für uns Kinder höchst befremd- lichen Weise. Sie schrie entsetzt auf und schlug Tatjana mit der flachen Hand ins Gesicht. Das arme Mädchen lief in- folge eines in doppelter Hinsicht begreiflichen Schocks schluchzend zur Tür hinaus und flüchtete sich auf ihr Zim- mer. Aber sie hatte sich noch kaum darin verschanzt, als ihr schon unsere Mutter laut jammernd hinterhereilte.

Mein Bruder und ich vermuteten, daß die Strafaktion oben fortgesetzt werden sollte. Aber die Klagen, die von dort zu uns herunterdrangen, klangen nach allem anderen als nach Verwünschungen über die perdu gegangene Vase, ein Hochzeitsgeschenk von Mutters Patentante. Wir lauschten auf die gestammelten Sätze, und je mehr wir da- von aufschnappten, um so mehr kamen wir zu der Über- zeugung, daß unsere Mutter nicht dem Verlust nachtrauer- te, sondern über ihr eigenes Verhalten, ihre Spontanreakti- on entsetzt war und sich bei Tatjana zu entschuldigen und sie gleichzeitig zu trösten versuchte. Jene beteuerte ihrer- seits immer wieder, sie habe den Schlag ins Gesicht gar

17

nicht bemerkt und sei nur davongelaufen, weil sie einen so großen Schaden angerichtet habe.

Als die beiden Frauen schließlich zusammen die Treppe herabschritten, boten sie geradezu das Bild schönster Eintracht. Mutter hatte den Arm um Tatjanas Schultern gelegt, und die junge Polin lächelte sie freundlich an und wischte sich dabei eine letzte Träne aus dem Augenwinkel. Schnell waren die Vasenreste zusammengekehrt, und es herrschte wieder allgemeiner Friede.

Von da an saß Tatjana, die bislang ihr Essen immer allein in der Küche eingenommen hatte, mittags und abends am Familientisch im Wohnzimmer, weil unsere Mutter darauf bestand und mit dieser Maßnahme wohl auch die ihr immer noch peinliche Reaktion auf Tatjanas Mißgeschick zu kaschieren versuchte. Daß unsere Eltern mit diesem freundlichen Akt gegen behördliche Anordnungen im Umgang mit Fremdarbeitern verstießen, ahnten wir Kinder nicht. Aber die Behörden waren fern, und so hatten unsere Eltern wohl mögliche Bedenken schnell vom Tisch gewischt. Darüber hinaus bedachte unsere Mutter wenige Tage später, als der Heilige Abend gekommen war, unser neues Familienmitglied mit einem Stapel an Wäsche, Strümpfen, einer Schürze, einem Kleid, von dem sie sich ohne einen Anflug von schlechtem Gewissen wahrscheinlich nicht so schnell getrennt hätte, und mit einem Berg von selbstgemachtem Marzipan, neben dem sich die Süßigkeiten, die mein Bruder und ich unter dem Lichterbaum fanden, fast bescheiden ausnahmen. Aber wir waren vernünftig genug, unsere Neidgefühle über diese Ungleichbehandlung nicht offen zur Schau zu tragen, zumal wir irgendwie doch begriffen hatten, daß Tatjana es bei aller Bevorzugung viel schwerer als wir hatte. Und wir spürten damals wohl auch trotz unseres jugendlichen Alters, daß diese junge Frau bei aller Fürsorge unsererseits in anderer Hinsicht unter einem großen Mangel litt, nämlich dem der Liebe.

Daß Tatjana als Frau gewisse Qualitäten besaß und der Beachtung durch Männer sicher sein konnte, erfuhr ich schon früh und sozusagen nebenbei. Eine gute Woche nach ihrer Ankunft bei uns begleitete ich sie zum Hof unseres Bürgermeisters Brandstätter, wo ihre Personalien im Gemeinderegister erfaßt und ihr die ihr zustehenden Zuckermarken – denn der süße Stoff war damals auch bei uns auf dem Land rationiert – ausgehändigt werden sollten. Wir beide hatten den Weg zur anderen Dorfseite zu Fuß zurückgelegt und betraten gerade das bürgermeisterliche Hofgelände, als uns die französischen Kriegsgefangenen, unsere „Dorf-Franzosen", in die Quere kamen. Sie waren gerade dabei, sich zu einzelnen Bauernhöfen zu begeben, denen sie als Arbeitskräfte zugewiesen worden waren. Diese elf oder zwölf Leute im besten Mannesalter durften sich tagsüber relativ frei bewegen. Wie hätte ihr Wachmann, Unteroffizier August Bärwinkel, ein Veteran des ersten Weltkriegs und selbst frankophoner Elsässer, es denn bewerkstelligen sollen, jeden einzelnen von ihnen in den weiten dörflichen Gefilden immer unter Kontrolle zu haben! Aber es bedurfte auch gar nicht seiner besonderen Wachsamkeit. Frankreich lag über tausend Kilometer entfernt, und wenn einer seiner „Schutzbefohlenen" getürmt wäre, hätte man ihn mit größter Wahrscheinlichkeit nach wenigen Tagen in einer Scheune, einem Weizenfeld oder an einer Flußbrücke, die es zu überwinden galt, doch geschnappt.

Nein, eine Flucht lohnte sich für sie nicht. Außerdem war die Verpflegung auf den Höfen nicht schlecht, die Landluft der Gesundheit sehr bekömmlich, die Arbeit auf den Feldern nicht anstrengender als in Frankreich, und der Krieg lag mit seinen Bedrohungen in weiter Ferne. Also fügten sich unsere Dorffranzosen in das Unvermeidliche und ließen sich für die Nacht von Wachmann Bärwinkel in der Brandstätterschen Waschküche einschließen, die kaum den Namen Gefangenenlager verdiente, da jeder halbwegs starke Mann die dünnen Eisenstäbe vor den Außenfenstern, wenn er es gewollt hätte, leicht mit den bloßen Händen zu einem großen Schlupfloch hätte erweitern können.

Und an Energie mangelte es diesen frauenlosen Ex-Poilus keineswegs. Manchmal hatte man den Eindruck, als könnten sie vor lauter angestauter Kraft in den Lenden kaum richtig geradeaus gehen, und so war es nicht verwunderlich, daß sie – oder zumindest viele von ihnen – allen Wesen von junger Weiblichkeit in unserem Dorf verstohlen hinterherblickten. Vermutlich wünschten sie, unsere Dorfschönen, Beisters Erna oder Buchs Hilde zum Beispiel, würden sich durch eine plötzliche wundersame Metamorphose aus drallen Bauerntöchtern in schlanke Pariser Midinetten verwandeln.

Als diese munteren Gesellen nun Tatjanas ansichtig wurden und an ihrem Äußeren ablasen, daß hier so etwas wie eine Schicksalsgefährtin östlichen Herkommens in ihre Mitte trat, war es um ihre Zurückhaltung geschehen. Sie umringten die junge Frau im Nu, gerierten sich wie die Auerhähne bei der Balz, schnalzten mit der Zunge und pfiffen laut wie die Rohrdommeln. Das arme Mädchen geriet durch diesen Schwall an Gunstzuwendungen allerdings derart in Verlegenheit, daß ihr Kopf hochrot anlief und sie Schutz hinter ihrem Fransentuch zu finden suchte. Der alte Bärwinkel hatte alle Hände voll zu tun, seine Herde vom Hof zu treiben, und noch eine Weile später, als die agilen Mannsbilder in Richtung auf ihre Arbeitsstellen davonzogen, hörte man sie aufgeregt parlieren. Tatjanas Reaktion aber zeigte mir deutlich, daß sie nicht im Traum daran dachte, jenen Burschen, auch wenn sie in etwa deren Schicksal teilte, zum Freiwild oder zur leichten Beute zu werden.

Angesichts dieser männlichen Attacke auf Tatjana hatte ich mir damals vorgenommen, ihr nicht nur als Sprachlehrer zu dienen, sondern mich, soweit ich das vermochte, zu ihrem Beschützer aufzuschwingen. Das hatte zur Folge, daß ich mich öfter und länger an ihrer Seite befand, als es nötig gewesen wäre und ihr selbst vielleicht lieb war. Aber sie nahm meine Anhänglichkeit mit großer Geduld hin, weil sie sich nicht der Einsicht zu entziehen vermochte, daß ich ihr nützlich war und ihr manche schwierige Situation meistern half. Ich meinerseits profitierte in mehrfacher Hinsicht von dieser Symbiose. Neben der fremdsprachlichen Bereicherung war es zunächst der morgendliche Gang in den Stall, der für mich einen Gewinn abwarf. Hatte ich bisher immer auf meinen Milchtrank bis zum allgemeinen Frühstück warten müssen, so brauchte ich jetzt meinen Becher nur unter die Zitzen einer Kuh zu halten, die Tatjanas Hände in aller Frühe flink bearbeiteten, und schon füllte er sich in Minutenschnelle mit jener warmen, weißschäumenden Flüssigkeit, die ich als einziger aus unserer Familie so sehr schätzte.

In der wärmeren Jahreszeit, wenn die Kühe draußen auf der Weide standen, durfte ich Tatjana im Frühlicht zur Melkstelle begleiten, und mein Milchbecher für den ersten Tagestrank war natürlich dabei. Meistens gingen Tatjana und ich barfuß durch das taufrische Gras, und manchmal summte sie eine Melodie vor sich hin oder sang auch, wenn ich sie dazu ermunterte, mit ihrer hellen Stimme die Worte zu dieser Melodie, das Lied von Katjuscha: „Rascve-ta-li ja-blo-ni da gru-schi ... In Blüte standen die Apfel- und Birnbäume..." Nach einiger Zeit beherrschte auch ich zumindest die erste Strophe jenes russischen Volksliedes, und so zogen wir beide dann durch den jungen Morgen und ließen bei Sonnenaufgang in unserem Gesang „Katjuscha hinaus zum Ufer gehen, zum hohen Steilufer, während Nebel über dem Fluß schwebte ...".

Hätte ich damals geahnt, daß in den folgenden Strophen von dem Geliebten die Rede war, an den jene Katjuscha immer dachte und dessen Brief sie bei sich trug, dann hätte ich Tatjana wahrscheinlich weniger oft zum Singen aufgefordert. Zwar merkte ich, daß ihr bei dem Gesang Tränen in die Augen kamen und daß sie manchmal Mühe hatte, den Text ohne Schluchzen vorzutragen. Aber ich schrieb solche Gemütsanwandlungen der sentimentalen „russischen Seele" zu, an der meine Begleiterin zweifellos Anteil hatte. Daß darin viel mehr zum Ausdruck kam, nämlich die seelische Not und die Sehnsucht dieser jungen Frau, die schon so lange von ihrem Mann getrennt leben mußte, das begriff ich in meiner kindlichen Ahnungslosigkeit damals noch nicht.

Nachricht von ihren Angehörigen erhielt Tatjana nur selten. Die erste Postkarte aus dem Suwalkigebiet kam von ihrer Großmutter, als sie schon ein halbes Jahr bei uns war. Ich erinnere mich noch gut, welche Freude ich ihr bereitete, als ich, die Karte hoch über meinem Kopf in der Hand haltend, zu ihr in den Garten lief, wo sie zusammen mit Mutter das Unkraut zwischen den Erdbeerstauden jätete. Als sie begriff, was ich über mir schwenkte, stürzte sie auf mich zu, entriß mir das Papier, überflog die Zeilen mit ihren Augen und umarmte mich dann stürmisch, wobei sie kurze Freudenlaute ausstieß, die weder meine Mutter noch ich hätten übersetzen können. Offensichtlich stand es um ihre Angehörigen nicht zum schlechtesten, und mit besonderer Freude erfüllte sie die Nachricht, daß es ihrem Mann Oleg gut erging. Er sei, so teilte die Babuschka mit, von den Deutschen als Fremdarbeiter nach Ragnit gebracht und dort in einer Fabrik eingesetzt worden.

Um Tatjana eine weitere Freude zu bereiten, lief ich ins Haus, holte den Schulatlas meines Bruders und versuchte ihr zu demonstrieren, wie kurz der Abstand zwischen Ragnit und unserer Kreisstadt auf der Karte war. Immer wieder buchstabierte sie den Namen Ragnit, fuhr mit dem Finger von der Memel zur Inster herab, folgte dann dem Lauf der Rominte und landete schließlich bei dem Bleistiftkreuz, das auf der Landkarte unser Dorf markieren sollte. Ich wies ihr statt des Weges über die Flüsse die einfachere und kürzere Verbindung mit der Eisenbahn von Norden nach Süden und deutete ihr mit sieben ausgestreckten Fingern an, daß nur etwa siebzig Kilometer sie von ihrem Oleg trennten. Natürlich wußte Tatjana, daß ein Zusammentreffen mit ihm nur schwer zu bewerkstelligen sein würde. Aber schon alleine der Gedanke, daß der ihr Angetraute nicht allzu fern von ihr lebte, schien ihr fürs erste Trost genug zu sein.

Einige Wochen später war es dann Mutter, die Tatjana die erste Post von ihrem Mann aus Ragnit überbrachte, und wieder ließ die junge Frau ihre Freude über das Lebenszeichen an dem Glücksboten aus. Unter Tränen strei-

chelte sie Mutters Hände und konnte ihr Glück kaum fassen. Oleg, so erzählte sie uns, wohne in einem Lager mit anderen Landsleuten, Männern wie Frauen, zusammen. Das Leben dort und am Arbeitsplatz sei hart, aber erträglich, und da er daheim viel mit Holz zu tun gehabt habe, bereite ihm die Arbeit im Sägewerk und in der Kistenfabrik weniger Schwierigkeiten als vielen anderen.

Von da ab gingen im Monatsabstand Postkarten zwischen Ragnit und unserem Dorf hin und her. Häufigeres Schreiben oder das Schicken von Briefen war den Fremdarbeitern damals wohl nicht erlaubt. Jedenfalls fieberte Tatjana immer dem Zeitpunkt entgegen, zu dem wieder ein Kartengruß fällig war. Vielleicht gab dieses völlige Fixiertsein auf Oleg der jungen Frau einen so sicheren Halt in ihrer Gefühlswelt, daß sie mit äußerster Festigkeit allen Versuchen widerstand, die von anderen Männern ausgingen, sie in ein Techtelmechtel zu verstricken.

Solche Versuche und Versuchungen gab es, das hatte ich wohl bemerkt, vor allem von seiten zweier Dorffranzosen, Jean und Claude, die beide – jeder auf seine Weise – Tatjana Avancen machten. Wenn Jean beim Nachbarn Justus in der Nähe des Weidenweges mähte, auf dem Tatjana häufig unsere beiden Pferde zum Anpfählen auf die Wiese beim Torfbruch brachte, verlegte er seine Tätigkeit gezielt an den Wegesrand und bemühte sich, mit der Vorbeikommenden ein Gespräch anzufangen. Infolge mangelhafter sprachlicher Kommunikationsfähigkeiten bestand jenes aus einem knappen Hin und Her von einzelnen französischen und deutschen Wörtern, denn weder beherrschte Jean eine slawische Sprache, noch hatte Tatjana auch nur die blasseste Ahnung vom Französischen. Als ich einmal, verborgen hinter einem Weidenstamm, Zeuge einer solchen „Unterredung" war, hörte ich deutlich, daß Jeans Vokabular sich hauptsächlich aus solchen Wörtern zusammensetzte, die in Richtung „l'amour" zielten, während Tatjanas Antworten nur aus kurzen Repliken wie „nein" und „nicht doch" bestanden. Dabei würdigte sie ihren Gesprächspartner kaum eines Blickes und zog mit den Pferden an den Halfterketten hinter sich schnurstracks weiter zum Bruchgelände.

Ganz anders als Jean ging Claude zu Werke. Er, der früher in Paris sich vermutlich durch wahre Meisterschaft auszeichnete, wenn es galt, unerfahrene Mädchen – und nicht nur diese – in eine Liebesfalle zu locken, legte seine Annäherungsversuche viel geschickter an. Wenn er in die Nähe von Tatjana geriet, was sich beim Abliefern der vollen Milchkannen und beim Abholen des Leergutes an der Verladestelle vor dem Dorf fast täglich ergab, tat er so, als wäre er an ihr völlig desinteressiert, streifte sich aber, sobald sie in Sichtweite kam, die Ärmel hoch, um seine Tätowierungen auf beiden Armen voll zur Geltung zu bringen, und fuhr sich auch schon mal mit den Fingern durch die Haare, damit diese – soweit das bei dem kurzen Kriegsgefangenen-Bürstenschnitt überhaupt möglich war – ihn kühn-verwegen aussehen ließen. Wahrscheinlich ging er davon aus, daß auf Dauer sein unwiderstehliches Erscheinungsbild nicht seine Wirkung auf die junge Polin verfehlen würde. Diese hingegen war zu wenig empfänglich für ein derartiges männliches Imponiergehabe und wiegte sich bei ihren täglichen Gängen zur Milchverladestelle völlig in Sicherheit.

Als aber eines Tages die beiden sich wieder einmal an der Milchbank vor dem Dorf trafen und weit und breit kein anderer Mensch zu sehen war, glaubte Claude, der Augenblick sei gekommen, zum Überraschungsangriff übergehen zu können. Urplötzlich stürzte er auf Tatjana zu, umschlang sie heftig und versuchte sie zu küssen. Aber er hatte die Kraft und den Abwehrwillen der jungen Frau erheblich unterschätzt. Sie biß, kratzte, spuckte und schrie, so daß der dörfliche Don Juan entsetzt von ihr abließ und auch keine Anstalten machte, die Davonlaufende einzuholen. Die Sache wäre wohl kaum ruchbar geworden, hätte nicht eine Bißwunde an Claudes Kinn sein Gesicht noch wochenlang verunziert und Zeugnis von seiner Attacke abgelegt. Zu diesem Schaden kam noch der Spott seiner Kameraden, und so war er gestraft genug. Tatjana schwieg über den Vorfall beharrlich. Übergriffe ähnlicher Art hatte sie nicht mehr zu befürchten, weil alle männlichen Interessenten inzwischen wußten, daß sie bei ihr auf Granit bissen.

So vergingen viele Monate, ohne daß sich etwas Wesentliches in unserer dörflichen Welt getan hätte. In gewissen Abständen kam Post aus Ragnit, und immer merkte man es der jungen Frau an, daß sie in eine seltsame Spannung geriet, wenn der Zeitpunkt überschritten zu werden drohte, an dem wieder eine Karte aus Ragnit fällig war. Eines Tages jedoch, als ihr sehnsuchtsvolles Warten wieder einmal von Erfolg gekrönt war, kam sie freudestrahlend zu unseren Eltern gelaufen und teilte ihnen mit, daß ihr Oleg in einem Monat ein freies Wochenende erhalte und er sogar die deutsche Lagerverwaltung dazu habe bringen können, ihm einen Besuch bei seiner Frau zu gestatten. Den Erlaubnisschein habe er bereits, und so werde er am Sonnabend in vier Wochen mit dem Zug an unserem Bahnhof eintreffen.

Unsere Eltern wußten, daß solche Vergünstigungen zuweilen Fremdarbeitern gewährt wurden, die sich durch Fleiß und Zuverlässigkeit über eine gewisse Zeit ausgezeichnet hatten. Nun überlegten sie, wie im Falle von Tatjana und Oleg vorzugehen sei. Vielleicht war es ein Akt der Wiedergutmachung, der bei ihren Überlegungen eine Rolle spielte, vielleicht war es auch nur so etwas wie Taktgefühl, das den Ausschlag gab. Jedenfalls entschieden sie sich dafür, Tatjana allein mit dem Fuhrwerk zum vier Kilometer entfernten Bahnhof zu schicken, damit sie ihren Mann dort abhole.

Das Risiko, ihr Pferd und Wagen anzuvertrauen, war denkbar gering. Schon am ersten Tag, als unsere Mutter Tatjana von der Sammelstelle in der Kreisstadt zu uns aufs Dorf gebracht hatte, war ihr deren Geschick im Umgang mit Pferden aufgefallen. Bei der Fahrt über den leicht vereisten Straßenbelag der Chaussee war unser Schimmel ins Rutschen gekommen und wäre wohl auch auf der Strecke irgendwann hingestürzt, hätte nicht Tatjana unserer Mutter beherzt in die Zügel gegriffen und das Pferd auf den Sommerweg gelenkt, wo es viel besseren Halt als auf der glatten Teerstraße fand. Außerdem waren Tatjana und ich in letzter Zeit häufig mit dem Fuhrwerk zum Kirchdorf gefahren, um beim Kolonialwarenhändler einzukaufen, und sie hatte dabei wie selbstverständlich die Zügel in die Hände genommen.

Je näher der Tag der Ankunft Olegs heranrückte, um so unruhiger schien Tatjana zu werden. So oft die Haus- und Hofarbeit ihr eine Pause bot, nutzte sie den Freiraum, um sich auf ihr Zimmer zurückzuziehen. Wenn sie wieder bei uns unten erschien, lag ihr schwarzer Zopf wie gestriegelt auf dem Rücken, und ihre Gesichtshaut war so gerötet, als hätte sie in der Zwischenzeit nichts anderes getan, als diese mit Kernseife und Kölnisch Wasser zu bearbeiten, wovon ihr Mutter hin und wieder ein Viertelfläschchen überließ. Auch wurde Tatjanas spärlicher Vorrat an Sommerkleidern in jener Wartezeit durch eine dünne Bluse und einen hellen Rock aus dem elterlichen Kleiderschrank ergänzt, und es schien so, als ob unsere Mutter nicht weniger Freude bei den notwendigen Änderungen der Kleidungsstücke an der Nähmaschine hatte als Tatjana, sobald sie die passend gemachten Sachen vor dem großen Spiegel im Flur anprobierte.

Als der große Tag des Wiedersehens endlich gekommen war, machte sich Tatjana mit dem Braunen vor dem Kutschierwagen schon viel zu früh auf den Weg zum Bahnhof. Es war ein wunderschöner Sommernachmittag, und wegen der Wärme hatte die junge Frau nur die gekürzte Bluse über den Rock gezogen und auf jegliches Tuch verzichtet. In ihrer ländlichen Üppigkeit und Jugendfrische, mit ihrem schwarzen Haar und den dunklen, nachdenklichen Augen über den hohen Backenknochen bot sie ein Bild von verführerischem Reiz. Wie sehr würde sie ihrem Mann bei dem langersehnten Wiedersehen gefallen!

So dachten wir damals wohl alle, die wir auf ihre Rückkehr vom Bahnhof warteten. Natürlich waren wir neugierig zu erfahren, wie Oleg aussah, wie er zu seiner Frau paßte und ob er inzwischen soviel Deutsch gelernt hatte, daß wir uns mit ihm ohne größere Schwierigkeiten verständigen konnten.

Es verging eine halbe Stunde, eine ganze, und eigentlich hätte das Fuhrwerk längst wieder auf unseren Hof zurückgekehrt sein müssen. Unsere Mutter argwöhnte schon, es sei irgend etwas mit dem Pferd passiert, als das Gefährt endlich um die Scheunenecke bog. Mein Bruder und ich standen im Wohnzimmer am Fenster, durch die Gardine vor dem Gesehenwerden von außen geschützt, und beobachteten die beiden. Sie schirrten zunächst das Pferd aus, führten es in den Stall und kamen erst dann auf unser Haus zu. Oleg war nicht viel größer als Tatjana, aber er wirkte schlanker als sie. Sein Gesicht, dessen Kinn ein dunkler Bartstreifen umgab, schien nichts Auffälliges zu haben und wirkte auf uns sympathisch. Wir Jungen hatten erwartet, daß die beiden jungen Leute sich dauernd küssen und die Arme um die Taille des anderen geschlungen halten würden. Aber in dieser Hoffnung sahen wir uns sehr getäuscht. Eher wie zwei Geschwister kamen sie über den Hof, Oleg eine Tasche in der Hand, Tatjana die Hände auf dem Rücken verschränkt haltend, und ihre Gesichter spiegelten nichts von der Freude wider, die beide, wie wir meinten, bei dieser Begegnung nach so langer Trennung hätten empfinden müssen.

Die Begrüßung mit unserer Familie fiel eher kurz und sachlich als herzlich aus, und da Tatjana schon vor der Fahrt zum Bahnhof das Abendessen für ihren Mann und sich auf ihrem Zimmer vorbereitet hatte, entschwanden die beiden bald treppaufwärts und blieben auch für den Rest des Abends dort oben.

Die Enttäuschung darüber, daß Oleg und Tatjana gar nicht meinen Vorstellungen von einem verliebten Paar entsprochen hatten, muß mich wohl noch bis tief in den Schlaf verfolgt haben. Ich wurde kurz nach Mitternacht wach, und da die Frösche – wie so oft um jene Jahreszeit – im nahen Dorfteich ihr lautes Konzert veranstalteten, trat ich ans Fenster und sah, daß der helle Mond den Hausschatten weit in unseren Garten warf. Ich stellte mir vor, wie die jungen Leute nun eng umschlungen in meinem Zimmer nach der anderen Seite aus dem Fenster auf den Teich in seinem mondbeschienenen Silberglanz sehen würden, das melodische Quaken und Stakato-Keckern der grünen Schilfsänger im Ohr, so wie ich es oft dort oben in warmen Sommernächten erlebt hatte. Ich lauschte eine Weile, und als die Frösche eine Pause in ihr Konzert einlegten, meinte ich, oben Stimmen zu hören und zwischendurch sogar ein Schluchzen zu vernehmen. Aber wenn es so war, dann hatte wohl Tatjana vor lauter Glück und Wiedersehensfreude ihren Gefühlen freien Lauf gelassen, und was war schon Schlimmes daran! Ich kroch wieder unter meine Bettdecke und schlief schnell in einen Traum hinüber, der mir das schenkte, was ich mir so sehr in meiner Phantasie gewünscht hatte: Ich sah Oleg am Teich zwischen Schilf und Seerosen auf einem Stein sitzen und zum Froschgesang eine Balalaika zupfen, während Tatjana sich zu den melodischen Klängen wie eine Weide im Wind tänzerisch hin- und herwiegte und dabei dem Geliebten verträumt zulächelte.

Als ich am nächsten Morgen – und diesmal später als gewöhnlich – zum sonntäglichen Frühstück zu den übrigen Familienmitgliedern stieß, hieß es, Tatjana und Oleg seien schon aus dem Haus gegangen, um am Vormittag einen Spaziergang rund um unser Dorf zu machen. Am Nachmittag müsse Tatjana ihren Mann leider schon wieder zum Zug bringen, weil er am Abend in seinem Lager in Ragnit zurückerwartet werde. So kam es, daß ich dem jungen Ehepaar nur beim Mittagessen gegenübersaß. Der junge Mann zeigte sich dabei sehr einsilbig, was mich zu der Vermutung führte, es könne mit seinen Deutschkenntnissen nicht sehr weit her sein. Aber auch Tatjana machte keinen gesprächigen oder gar fröhlichen Eindruck, was aber angesichts der erneut bevorstehenden Trennung für längere Zeit begreiflich schien. Noch einmal zogen sich die jungen Leute auf das obere Zimmer zurück. Dann war der Abschied für uns gekommen. Wieder ließen unsere Eltern die beiden allein zum Bahnhof fahren, weil auch diesmal keiner von uns Zeuge einer Situation sein sollte, die nur das junge Ehepaar alleine etwas anging.

Wir brauchten diesmal nicht sehr lange auf Tatjanas Rückkehr zu warten. Ich hatte am Sonntagnachmittag meinen Lieblingsplatz an der Firstecke auf dem Dach unseres Stalles eingenommen, wohin ich dank meiner ausgeprägten Kletterkünste inzwischen ohne Hilfsgerät wie Leiter oder Seil gelangte, indem ich mich mit den Händen an der Holzeinfassung des Schrägdaches hochhangelte und mich dabei mit den bloßen Füßen auf den Dachpfannen abstützte. Dort oben saß ich fast täglich, wenn es das Wetter erlaubte, eine Stunde oder auch länger und blickte aus der Vogelperspektive über unser Dorf hinweg bis zum Rand des Heidegürtels am hügeligen Horizont, und wenn am anderen Ende des Daches unser sich jedes Jahr im Frühling erneut einstellendes Storchenpaar sein Nest auf dem dort festgenagelten Wagenrad bezogen hatte, gab es für mich besonders viel zu beobachten. Selbstverständlich mußte ich mir mein Klettervergnügen versagen, wenn die Brutzeit begann und ständig einer der hochbeinigen, langschnäbligen Adebare das Nest hütete. Und auch wenn die

Jungen geschlüpft waren und ihre dünnen Hälse über den Rand des Storchennestes streckten, war mir der Aufstieg auf das Dach nicht erlaubt. Aber ansonsten pflegte ich mit den Störchen gute Nachbarschaft auf meinem hohen Sitz, und sie ihrerseits akzeptierten mich wie einen zwar seltsamen, aber ungefährlichen Mitbewohner des Stalldaches.

Ich hatte an jenem späten Nachmittag bewußt den erhöhten Aussichtspunkt gewählt, weil ich von dort jedes Fahrzeug auf der Chaussee schon von weitem bemerken konnte. So sah ich auch das Fuhrwerk mit Tatjana bereits, als es hinter dem Rand der Fichtenschonung hervorkam und auf die Straße zum Dorfeingang einbog. Ich beeilte mich, von meinem Dachposten herunterzukommen, und lief dem Fahrzeug entgegen. Aber ich hätte mich besser nicht so gesputet, denn was ich zu sehen bekam, als ich auf das Trittbrett des herbeirollenden Wagens sprang und zu Tatjana auf den Sitz kletterte, war ganz dazu angetan, meine Vorstellungen von jungem Liebesglück arg ins Wanken zu bringen. Dieses jugendliche Wesen saß mit hängendem Kopf und in sich zusammengesunken da, große Tränen liefen über die rundlichen Wangen und tropften auf die schlaff im Schoß liegenden Hände, die kaum die Zügel festhielten. Dazu schluchzte Tatjana, als hätte sie soeben einen geliebten Menschen zu Grabe getragen. Ich wagte natürlich nicht, sie nach dem Grund dieser mir unbegreiflichen Traurigkeit zu fragen, und ich versuchte auch nicht, sie in irgendeiner Weise zu trösten, denn soviel begriff ich angesichts dieser unbeschreiblichen Tristesse, daß mein Bemühen für Tatjana keine Erleichterung in ihrem großen Schmerz bedeutet hätte.

Als wir auf dem Hof hielten, blieb sie wie ein Wesen ohne jegliche Entschlußkraft im Wagen sitzen, und erst nachdem unsere Eltern dazugekommen waren – Vater, um das Pferd zu übernehmen, Mutter, um Tatjana ins Haus zu führen –, stieg sie aus, legte die Arme um Mutters Hals, weinte mehrmals laut auf und sagte mit tränenerstickter Stimme ein paar Worte, die keiner von uns verstand. Ich weiß nicht, was sich dann im Haus abspielte, denn ich zog es vor, wieder auf meinen Dachplatz zu steigen und dort die weitere Entwicklung abzuwarten.

Als mich gegen Abend mein Bruder zum Essen rief, erfuhr ich, daß Tatjana bereits auf ihrem Zimmer war. Unsere Eltern ergingen sich uns Kindern gegenüber in Andeutungen, die manches offenbar bewußt aussparten. Aber im Laufe des Gesprächs beim Abendessen wurde uns soviel klar: Tatjanas Kummer rührte nicht so sehr daher, daß Oleg nun wieder in Ragnit und sie, getrennt von ihm, bei uns zu leben gezwungen war. Die junge Frau hatte schon bei der ersten Begegnung auf dem Bahnhof gemerkt, daß das Verhältnis zwischen ihr und ihrem Mann sich irgendwie verändert hatte. Sie habe die Kühle gespürt, die von ihm ausging, und schließlich sei es ihr zur Gewißheit geworden, daß Oleg eine andere liebte, eine junge Polin aus dem Lager in Ragnit. Es sei eben so gekommen, weil die Umstände es nicht anders zugelassen hätten, habe Oleg als Entschuldigung gesagt. Aber er hatte keinen Zweifel daran gelassen, daß er gewillt war, mit jener anderen Frau wie in einer Ehe zusammenzuleben.

Ich weiß nicht, ob ich mir damals die Frage stellte, wen an dieser schlimmen Entwicklung eine Schuld traf. Ich weiß nur, daß ich mir damals in meiner kindlich-naiven Vorstellung kein größeres Unglück vorstellen konnte als jenes, das Tatjana getroffen hatte. So fand sie in meinen Augen volles Verständnis dafür, daß sie nie mehr in der folgenden Zeit bei uns wie ein glücklicher Mensch aussah, daß sie meist schweigend ihre Arbeit tat und ihren Kummer in sich begrub. Es war damals so, als hätte jenes Leid auch den größten Teil der Unbefangenheit zwischen Tatjana und mir ausgelöscht. Ich sah für mich kein Recht, mich in ihre Gefühlswelt zu drängen, die sich so sehr verfinstert hatte. So sind wir von da ab meist getrennte Wege gegangen, sie den ihren in Haus und Hof, ich den meinen zur Schule und zu Spielkameraden. Nur aus der Ferne beobachtete ich sie zuweilen am Morgen, wenn sie zum Melken über die vom Tau nassen Wiesen ging, und ich glaubte damals, hin und wieder gehört zu haben, daß sie das Lied von Katjuscha vor sich hinsang.

Als ein gutes Jahr später die Kriegsfront heranrückte, als man die älteren Männer zum Volkssturm einberief und die Situation für die Zivilbevölkerung in den grenznahen Gebieten bedrohlich wurde, kam eines Tages sehr plötzlich für uns der Abschied von Tatjana. Noch ehe unsere Flucht begann, wurden die französischen Kriegsgefangenen und Fremdarbeiter in Gruppen gesammelt und weiter zurück in die Provinz transportiert. Ein Lastwagen sollte unsere Dorffranzosen abholen, und wir wurden eine halbe Stunde davor aufgefordert, unsere junge Polin mit ihnen auf die Reise ins Hinterland zu schicken. Tatjana nahm die Nachricht ohne sichtbare Erregung hin, so als könne diese Veränderung ihr armes Leben auch nicht mehr verschlimmern. Unsere Mutter mußte sie drängen, ein paar Habseligkeiten in einen alten Koffer zu packen und auch etwas Kleidung für die bevorstehende kältere Jahreszeit mitzunehmen. So stand sie dann mit uns Kindern und unserer Mutter am Straßenrand und wartete auf den Abtransport. Ihr weiter Mantel machte sie, fast wie bei der Ankunft vor drei Jahren, zu einer bäuerlichen Statue, und wieder trug sie das Kopftuch mit den Fransen, die ihr bis auf die Augen herunterreichten. Als der Lastwagen mit unseren Franzosen bei uns vorfuhr, umarmte Tatjana schweigend unsere Mutter, reichte uns Jungen stumm die Hand und trat an die heruntergelassene Ladeklappe heran. Dort ließ sie sich ohne Widerstand von Jean und Claude auf den Wagen helfen, mein Bruder reichte den Koffer nach, ein kurzes Winken – und Tatjana entschwand unseren Blicken.

Bürgermeister Brandstätter behauptete später, er habe unsere Polin wenige Wochen danach noch einmal vor einer Baracke unter anderen Fremdarbeiterinnen in der Nähe von Uderwangen gesehen. Und Monate später hieß es, jene Frauen seien von der Soldateska genausowenig geschont worden wie die Frauen der Feinde, weil man ihnen Kollaboration mit den Deutschen vorwarf. Und keineswegs war damit, so hörte man Jahre später berichten, ihr

Leidensweg abgeschlossen, denn manche wurden erneut deportiert, diesmal zur Zwangsarbeit in Richtung Osten.

Was aus Tatjana geworden ist, wir haben es nie erfahren. Möglicherweise war sie nicht unter jenen Unglücklichen und sah bald nach ihrer „Befreiung" am Ende der Kampfhandlungen die Wälder und Felder von Suwalki wieder. Vielleicht wurde dort ihr Traum vom irdischen Glück endlich doch noch Wirklichkeit. Vielleicht blieb er ihr aber auch weiter unerfüllt, und sie wanderte noch oft am Morgen über die taufeuchten Wiesen ihrer Heimat und sang das Lied von Katjuscha, die zum hohen Ufer am nebligen Fluß ging, das Bild des Geliebten und die ungestillte Sehnsucht in ihrem Herzen.

Die Bestrafung

Die schrille Schulglocke im Flur unmittelbar über der Tür zum Klassenraum der Quarta hatte den Beginn der ersten Stunde eingeläutet. Durch die Fenster fiel trübes Novemberlicht auf Hefte und Bücher, die auf den Bänken herumlagen, und die Jungen der 4A foppten und prügelten sich weiter, wie sie es fast jeden Morgen vor dem Läuten zu tun gewohnt waren. Studienrat Arthur Albinger, ihr Geschichtslehrer, ein agiles dürres Männchen Anfang der Fünfzig, ausgestattet mit buschigen Brauen, einem stechenden Blick und einem lexikongleichen historischen Wissen, hatte, wie es bei ihm häufig geschah, nicht den pünktlichen Absprung aus dem Lehrerzimmer in die Niederungen der Jungenwelt geschafft, weil er mit einem Kollegen in einen Disput geraten war und nun, noch auf dem langen Korridor im Gehen und in den mehrfach eingelegten Stehpausen weiter diskutierend, sich seinem Ziel nur allmählich näherte. Erst als der Kollege in seinem Klassenzimmer verschwunden war, legte er die letzte Etappe flott in einem Stück zurück, kurvte um die Ecke der offenstehenden Tür und strebte geradewegs dem Katheder zu.

Sein Erscheinen beendete abrupt die Rangeleien, und jene Jungen, die seine Verspätung dazu benutzt hatten, noch schnell vom Nachbarheft die Mathematik- oder Englischaufgaben abzuschreiben, ließen eiligst die verräterischen Schreibutensilien in den Schultaschen verschwinden und stellten sich, wie das üblich war, zur Begrüßung zwischen Sitz- und Schreibfläche der Bank auf. Arthur Albinger straffte seine kurze Gestalt, hielt sie in dieser Spannung, bis das letzte Geräusch erstarb, und schnarrte dann seinen Morgengruß herunter, der sich wie ein punkt- und kommaloses „Heillitlerjungs" anhörte. Aus den Mündern von knapp dreißig Quartanern scholl ein gut einstudiertes, unisones „Heillitlerherrstudienrat" zurück, und als das Zeichen zum Setzen kam, fielen fast genauso gleichmäßig ungefähr dreißig Hosenböden mit einem dumpfen Knall auf die Sitze zurück. Dann begann das tägliche Morgenzeremoniell: Erfassung der Fehlenden, Vorlage von Entschuldigungen, Eintragung des Unterrichtsstoffes ins Klassenbuch, während die Kartenordner mit gewollt-behutsamen Bewegungen die Europakarte am eisernen Aufhängegestell in die Höhe beförderten, um den eigentlichen Unterrichtsbeginn so lange wie möglich hinauszuzögern.

Es gehörte zu dem Ritual einer jeden Geschichtsstunde, daß jeweils ein vorher von der Klasse beauftragter Schüler – und das war, damit kein Verdacht aufkam, in der Regel keiner von den „Leistungsschwachen" – dem Lehrer einen Köder in Form einer aktuellen politischen Frage auslegte, noch ehe Arthur Albinger sich anschickte, die Hausaufgaben abzufragen.

Er, der das Tagesgeschehen mit akribischer Konzentration in Zeitung und Rundfunk verfolgte, registrierte und in seinen Gehirnwindungen abrufbereit zu speichern verstand, ließ sich nur allzu gern und darum auch leicht vom eigentlichen Thema der Stunde abbringen und dazu verführen, einen Vortrag über den neuesten Stand irgendwelcher politischen Dinge zu halten. Hatte man das erreicht, war diese Unterrichtsstunde für die Schüler so gut wie gelaufen, und alle jene atmeten tief durch, die sich nur dürftig oder gar nicht mit dem Lernstoff daheim auseinandergesetzt hatten und sich nun vor einer Blamage sowie einer schlechten Zensur in Albingers Lehrerkalender gerettet sahen.

Die Rolle des Verführers war diesmal Kurt-Werner, dem Klassensprecher, zugefallen, und er hatte auch schon einen Stoff bereit, von dem er sich die nötige Sogwirkung auf Studienrat Albinger versprach. Beim Gang über den Markt, den er auf seinem Schulweg täglich überqueren mußte, hatte er einen rauchenden Haufen bemerkt, der sich beim näheren Hinsehen als der noch immer glimmende Rest von Büchern, Gewändern, bemalten Stangen und ähnlichem Gerät erwies. Zwei Männer von der Stadtreinigung, die in den Überresten mit Eisenstangen herumstocherten und auf diese Weise das eine oder andere angekohlte Stück erneut zum Brennen brachten, hatten ihm auf seine Frage, was denn da noch vor sich hinbrenne, mürrisch geantwortet, es handele sich um irgendwelchen „Judenkram", den einige SA-Leute in der Nacht aus der Synagoge geholt und angezündet hätten. Blitzartig war es ihm durch den Kopf gefahren: Das mußte eine prächtige Falle für den Geschichtslehrer abgeben, ein Stoff, einfach unwiderstehlich für ihn! Kurt-Werner überlegte. Es gab einige wenige Juden in der Stadt, den Dobrewolkas zum Beispiel, der in der Nähe des Bahnhofs eine kleine Gastwirtschaft betrieb. Leute hatte er allerdings noch nie in das finster wirkende Haus mit den niedrigen Fenstern und grünen Läden hineingehen sehen. Aber die beiden Judenjungen, die man vom allgemeinen Schulbesuch ausgeschlossen hatte und die sich hin und wieder auf die Straße wagten, die kannte er. Wurden doch beide von Heinz Keweleit, dem stämmigen Jungenschaftsführer aus der Untertertia über ihm, regelmäßig verprügelt, sobald er ihrer ansichtig wurde! Und dann gab es noch den Doktor Fendel, der im vergangenen Winter Kurt-Werners Bluterguß im Knie behandelt hatte. Es hieß, er sei Halbjude. Aber in der Stadt wußte man auch, daß er im Weltkrieg das EK I erhalten und noch kurz vor Kriegsende im Herbst 1918 den linken Fuß in Frankreich eingebüßt hatte, so daß ihm das Gehen einige Mühe bereitete.

Kurt-Werner fielen, als er seinen Weg zur Schule fortgesetzt hatte, noch die Namen Amsel, Droßmann und Finkenstein ein, Namen ehemaliger Kaufleute, von denen zumindest einer ein Jude gewesen sein sollte. Er kannte die Namen nur, weil sein Großvater, wenn er das Lied „Alle Vögel sind schon da" anstimmte, mitunter nicht „Amsel, Drossel, Fink und Star" folgen ließ, sondern die Liedzeile in „Amsel, Droßmann, Finkenstein" abwandelte. Der Finkenstein war Großvaters Skatbruder gewesen, ehe er nach Amerika auswanderte. Aber das lag schon lange zurück, wohl mindestens acht Jahre. Und wie war es um die Synagoge bestellt? Er hatte gelegentlich davon sprechen hören, aber in welcher Straße lag sie? Eher hätte Kurt-Werner sagen können, wo sich das Vereinslokal der Kom-

munisten befunden hatte, das nach 1933 geschlossen worden war. Irgendwann, er mochte damals fünf oder sechs
Jahre alt gewesen sein, hatte er von dort aus einen kleinen
Zug mit einer Schalmeikapelle an der Spitze losgehen sehen, und er erinnerte sich, daß einige Spielkameraden zusammen mit ihm noch Wochen danach „Kommuni-
stenumzüge" im Garten seiner Großeltern mit Kochtopf-
deckeln und einer selbstgebastelten Papierfahne veranstaltet hatten. Aber seit jener Zeit gab es keine Kommunisten
mehr – oder zumindest offiziell nicht mehr, denn hinter
der Hand tuschelte man, daß der Enßlin, der mit den in
Zeitungspapier eingewickelten Heringen von Haus zu
Haus zog und die penetrant riechenden Fischleiber zum
Verkauf anbot, einmal ein führender Stadtkommunist gewesen sei, es wohl auch nicht bleiben lassen könne und
deshalb schon mal eine Weile im Kittchen gesessen habe.

Nun ging es also den Juden in ähnlicher Weise an den
Kragen wie den Kommunisten. Studienrat Albinger, dessen war sich Kurt-Werner ziemlich sicher, würde alles genau erklären, wenn er ihn zu Beginn der Geschichtsstunde
auf dieses Thema bringen konnte. Und der Dank der Klassenkameraden, auch das wußte er genau, war ihm oben-
drein gewiß.

Also reckte er den rechten Zeigefinger steil in die Höhe,
als der Lehrer das Klassenbuch schloß, sich erhob und vor
das Pult trat. Gleichzeitig wandten sich fast alle Köpfe
Kurt-Werner zu, da sie ja von ihm eine Wende im Ablauf
der Stunde erhofften und zugleich den Blick Arthur Albingers auf das Handzeichen des Klassensprechers lenken
wollten. Aber oh Wunder! Es bedurfte diesmal gar nicht
der zielgerichteten Fangfrage, um den Geschichtslehrer
auf ein neues Themengleis zu schieben. Er winkte kurz in
Richtung auf den erhobenen Zeigefinger ab, holte tief Luft
und erklärte dann mit Ergriffenheit in der Stimme, daß dieser Tag kein gewöhnlicher sei. Es habe im Leben des deutschen Volkes, so fuhr er fort, immer wieder einmal Demü-
tigungen gegeben. Aber immer habe es danach die Verur-
sacher der Demütigung, der Schmach und der Schande zur

Rechenschaft zu ziehen verstanden. Das internationale Judentum, das sich gegen das nationalsozialistische Deutschland verschworen habe, um es überall zu schädigen, wo sich eine Möglichkeit dazu böte, sei diesmal in besonders perfider Weise zu Werke gegangen. Vor wenigen Tagen – aber das setze er als Geschichtslehrer eigentlich bei seinen Schülern als bekannt voraus – habe der Jude Herschel Grünspan ein leitendes Mitglied der deutschen Botschaft in Paris erschossen. Der Führer habe in seiner Rede zum neunten November diesen feigen Mord scharf verurteilt, und nun sei dieser Untat die Strafe auf dem Fuße gefolgt. Überall in Großdeutschland, das hätten die Rundfunksender verkündet, habe man sich zur Wehr gesetzt und den Juden gezeigt, daß man Deutsche nicht ungestraft beleidigen könne. In allen größeren Städten seien Fensterscheiben jüdischer Geschäftsleute zerstört und Synagogen ausgeräumt worden. Und er, Arthur Albinger, stelle mit Genugtuung fest, daß man auch in den meisten Kleinstädten den Juden gezeigt habe, was eine Harke sei.

Die Jungen der Klasse sahen sich verstohlen an, und dieser oder jener zwinkerte seinem Nachbarn auch zu, denn allen war es klar: Ihr Lehrer hatte von selbst eine Fährte aufgenommen, die er so bald nicht wieder verlassen würde. Und sie sahen sich in dieser Einschätzung der Lage bestätigt, als Studienrat Albinger nun einen weiten Bogen zurück in die Vergangenheit schlug, die Israeliten in die babylonische Gefangenschaft begleitete, sie bei der Entfaltung ihres „Schmarotzertums" überall in Europa beobachtete, die zahlreichen Übergriffe – Pogrome, wie er sagte – als von den Juden durch ihr Verhalten selbst provozierte Maßnahmen zu rechtfertigen wußte und schließlich auch die Hauptquelle des Deutschenhasses im bolschewistischen und amerikanischen Judentum zu orten verstand.

So flogen die Minuten dahin, und die Schulstunde, verfolgt von heimlichen Schülerblicken auf diverse Armbanduhren, ging allmählich ihrem Ende entgegen, als plötzliches Klopfen an der Klassenzimmertür des Studienrats Redefluß mitten in der Erklärung der Wirkensweise jüdischen Kapitals als Mittel der Unterminierung des deutschen Staatswesens unterbrach. Alle Augen richteten sich auf die Tür. Sie ging auf, und durch den Rahmen schritt Matthes Klinkhammer, der schnauzbärtige Hausmeister, ein Blatt Papier zum Zeichen der Legitimation seines plötzlichen Dazwischentretens in der ausgestreckten Rechten vor sich hertragend. Er, der bei allen Schülern, besonders den jüngeren, als Respektsperson galt, weil er kraft seines Amtes alle des Hauses verwies, die mit dreckigen Schuhen bei Matschwetter und mit dicken Schneeklumpen unter den Sohlen im Winter in das Schulgebäude zu stiefeln versuchten, er, der Zerberus der pädagogischen Pforte, wurde hin und wieder vom Direktor mit einem Schreiben durch alle Klassen geschickt, dessen Inhalt den Schülern zur Kenntnis gebracht werden sollte. Matthes Klinkhammer wartete dann eine Aufforderung zum Eintritt in die einzelnen Räume nach seinem kurzen, energischen Klopfen erst gar nicht ab, sondern marschierte schnurstracks auf die unterrichtende Lehrkraft zu, hielt ihr das Blatt Papier unter die Nase und begleitete seinen Auftritt mit einem kernigen: „Der Herr Direktor bittet vorrzuläsen!"

So geschah es auch diesmal. Hätte Arthur Albinger geahnt, was ihm da vom alten Matthes präsentiert wurde, er wäre wahrscheinlich aus der Klasse gestürmt, um sich Bedenkzeit für sein weiteres Vorgehen zu nehmen. So aber griff er eiligst nach dem Blatt, um sich der lästigen Pflicht möglichst schnell zu entledigen, und las mit lauter Stimme vor: „Heute Nacht ist die jüdische Synagoge in unserer Stadt von einer besonderen Aktion betroffen worden. Auf dem Markt hat man Kultgegenstände des Gotteshauses verbrannt. Ich verbiete allen Schülern unserer Anstalt, nach dem Unterricht die beiden genannten Stellen in der Stadt aufzusuchen, und ordne an, daß jeder sich auf direktem Weg nach Hause begibt. – Dr. Jonas, Oberstudiendirektor."

Durch die Klasse ging ein Raunen. Dieser direktoriale Aufruf, soviel schien allen Jungen klar zu sein, stand in krassem Gegensatz zu der Auffassung von den nächtlichen

Geschehnissen, die sich aus Arthur Albingers Worten hatte heraushören lassen. Nicht nur Kurt-Werner war daher gespannt, wie der Geschichtslehrer das Verbot des Direktors auslegen würde.

Studienrat Albinger schwieg so lange, bis der alte Klinkhammer das Klassenzimmer verlassen hatte. Dann schluckte er einmal kurz und setzte zu seiner Erklärung an: Natürlich wolle der Schulleiter mit seiner Anordnung nicht die nächtlichen Aktionen der örtlichen SA mißbilligen. Er sei offenbar um das Wohl der Schüler besorgt, für die er eine Verantwortung trage. Verwüstete Gebäude und Brandherde stellten immerhin Gefahrenquellen dar, und daher der wohlmeinende Rat des Direktors, jene Orte in der Stadt tunlichst zu meiden.

Während er dieses vorbrachte, merkte Arthur Albinger schnell, daß seine Erklärung selbst in Quartanerohren nicht sehr überzeugend klingen konnte. Daher brach er die Stunde unter dem Vorwand, er habe im Sekretariat noch etwas Dringendes zu erledigen, vorzeitig ab und eilte aus dem Klassenraum.

Während die meisten Jungen schon ihre Sachen zusammenpackten, um zur nächsten Unterrichtsstunde in den Physikraum hinüberzuwechseln, arbeitete es in Kurt-Werners Kopf weiter. War es wirklich nur Vorsicht, die den „Direx" zu dem außergewöhnlichen Schritt veranlaßt hatte? Die Jungen der 4A kannten Dr. Jonas seit einem halben Jahr ziemlich gut, weil er nach den Ferien gleich zwei Fächer bei ihnen übernommen hatte. Latein war für alle neu gewesen, und mancher hatte damals diesem Neubeginn mit Skepsis entgegengesehen. Hieß es doch, Latein sei eine „tote Sprache". Aber schon nach wenigen Wochen waren die meisten davon überzeugt, daß hier wohl ein fundamentaler Irrtum walten müsse, denn der Direx verstand es meisterhaft, dieser Sprache soviel Leben einzuhauchen, daß die Jungen meinten, die Römer wären mitten unter ihnen. Und ähnlich lebendig wußte sich Dr. Jonas im Deutschunterricht zu geben, wo er die meisten allein schon dadurch faszinierte, daß er scheinbar mühelos ganze Balla-

den auswendig vortrug. Man sah dann förmlich Damon, den Dolch im Gewande, zu Dionys schleichen oder hörte das Klatschen, mit dem der Handschuh dem Fräulein Kunigunde ins Gesicht flog. Und konnte Dr. Jonas gar Latein und Deutsch miteinander verbinden wie bei einer Münchhausen-Ballade, dann lief er zu schauspielerischer Hochform auf. „Totschlago vos sofortissime, nisi vos benehmitis bene!" klang es spitzbübisch aus seinem Mund, und oft zitierte er diese Textstelle, wenn er meinte, seine Zöglinge auf joviale Art ermahnen zu sollen. Streng war er schon, der Direx, aber eben auch wohlwollend, und vor allem war er gerecht. Niemals, das glaubte Kurt-Werner zu wissen, würde er etwas Unüberlegtes tun. Und was die städtischen Vorkommnisse in der Nacht anging, so spielte vermutlich so etwas wie Schamgefühl bei ihm eine Rolle. „Edel sei der Mensch, hilfreich und gut . . ." hatte Dr. Jonas noch vor wenigen Tagen der Klasse auswendig vorgetragen und dann eingehend jenes Goethegedicht besprochen. Und er war dabei auch auf die Tücken zu sprechen gekommen, die sich im Menschsein verbargen. Er hatte – vielleicht in Vorahnung des Bösen – von „der Menschheit trauriger Blöße" gesprochen und davon, daß der Mensch dem Ideal leider oft nicht entspreche. Nein, was der Geschichtslehrer soeben als Erklärung angeboten hatte, reichte nicht aus. Wahrscheinlich wollte der Direktor mit seinem Aufruf verhindern, daß jenen Menschen, die geschädigt worden waren, noch ein Tort in Gestalt einer großen Schar neugieriger Gaffer angetan wurde.

In Kurt-Werners Überlegungen hinein platzte das Aufschrillen der Schulglocke, das Zeichen zur Pause. Er griff sich seine Schultasche und eilte dem Gros der Klasse hinterher, das auf dem Weg zum Physiksaal schon fast das Lehrerzimmer erreicht hatte. Der Lehrerpulk, der sich dort an der Tür gebildet hatte, war nicht zu übersehen. Am regen Gestenspiel wurde deutlich, daß dort eine Sache von großer Wichtigkeit diskutiert wurde. Besonders Arthur Albinger schien in Wallung geraten zu sein, denn er streckte die Arme mehrmals ruckartig über die Köpfe der anderen hinaus und fuchtelte damit in der Luft herum. Wortfetzen wie „unmöglich", „halb so schlimm" und „. . . wird Konsequenzen haben" flogen durch den Flur. Als die Schülertraube sich der Lehreransammlung bis auf wenige Schritte genähert hatte, verstummten die Stimmen, denn Studienrat Kolbe, von den Schülern wegen seiner tapsigen Gangart stets „Bär" genannt, hatte seinen Kollegen Albinger mit einem kleinen Stoß in die Seite zum Schweigen gebracht. Kaum waren die Schüler um die Flurecke gezogen, als sich die Diskussion erneut lautstark bemerkbar machte. Selbst für die Quartaner war es unschwer zu erraten, daß es dort um die nächtlichen Ereignisse und um die Anordnung des Direktors ging.

Wenn der Schulleiter gehofft hatte, daß die meisten Jungen seinem Aufruf bedingungslos folgen würden, so hatte er sich stark verrechnet. Überall im Schulgebäude redete man über beides, über den Schlag gegen die Juden und über das, was der Direx von seinen Zöglingen erwartete. Die weitaus größere Zahl wollte sich nicht die Gelegenheit entgehen lassen, jene Stellen in Augenschein zu nehmen, an denen in der Nacht „etwas losgewesen war". Jene, die auf den nachträglichen Nervenkitzel verzichteten, waren in der Minderzahl und taten es meist nicht aus Einsicht oder freiwillig. Besonders die Fahrschüler wären in Zeitnot geraten, weil sie größere Umwege zum Bahnhof hätten in Kauf nehmen müssen. Den Mittagszug in Richtung Heimatort durften sie nicht verpassen.

Also bewegten sich nach den letzten Unterrichtsstunden der einzelnen Klassen große Jungengruppen zum Markt, wo nur noch ein grauschwarzer Haufen ausgebrannter Asche die Stelle markierte, an der die Geräte aus der Synagoge verbrannt worden waren. Ziemlich enttäuscht drehten die meisten dann in eine bestimmte Richtung ab, und Kurt-Werner, der einer Gruppe von Oberstufenschülern gefolgt war, brauchte ihnen nur hinterherzulaufen, denn er war sicher, daß er so zu der Synagoge gelangen würde – oder zu dem, was von ihr übriggeblieben war. Die Größeren zogen bis zur Steinbahn und dann eine Gasse abwärts bis zu einem zweistöckigen Haus, dessen Fassade nichts Auffälliges zeigte und das Kurt-Werner wohl deshalb, obwohl er schon öfters daran vorbeigekommen sein mußte, noch nie in seiner Wahrnehmung als jüdisches Gotteshaus erfaßt hatte.

Die eisenbeschlagene doppelflüglige Haustür stand weit offen. Niemand verwehrte jenen den Zutritt, die sich in das Halbdunkel des Flurs hineinbegaben. Auf dem Fußboden lag allerlei Unrat, Papierfetzen, zerrissene Bänder, ein zerbrochener Bilderrahmen. Und irgendwo mußte auch jemand inzwischen seine Notdurft verrichtet haben, denn trotz der ständig von außen hereinströmenden frischen Novemberluft hatte sich in einer Ecke des Flures ein ekelerregender Gestank festgesetzt. Er trieb die Eingetretenen weiter in einen Gang, der sein Licht von einem hallenähnlichen Raum bezog, in den er mündete.

Dieses also war die Synagoge, dachte Kurt-Werner, als er in den verwüsteten Kultraum trat. Er schaute sich darin um und spürte zugleich die Kälte in ihm. Die unteren Fenster waren durch Holzläden von außen verschlossen, durch die oberen, denen man das Glas herausgeschlagen hatte, drang kühle Zugluft. Überall lagen Glassplitter auf dem Boden, aber ansonsten war der Raum leer. Offenbar hatten die SA-Leute nicht nur alles herausgerissen, was zum Kult gehörte, sondern auch Stühle, Tische und Schränke zerschlagen und die Überreste zum Scheiterhaufen auf den Markt geschleppt. An einer Wand sah man deutlich Brandspuren, ein Zeichen dafür, daß man mit dem Verbrennen schon in der Synagoge selbst begonnen hatte. Wie vielen Menschen mochte dieser Raum als Gotteshaus gedient haben? Viele konnten es nicht gewesen sein, denn die Wände waren höher als lang oder breit.

Kurt-Werner ertappte sich bei der Überlegung, wie seinen Eltern wohl zumute sein würde, wenn ihnen ein Gleiches mit der Stadtkirche widerfahren wäre. Aber er schob diesen Gedanken schnell beiseite, weil er ihn als zu theoretisch empfand. Gewiß, von Spannungen zwischen der Partei und den christlichen Kirchen hatte er reden hören, aber er konnte sich einfach nicht vorstellen, daß SA-Leute in dem Gotteshaus, in dem er in einem guten Jahr konfirmiert werden sollte, alles kleinschlagen könnten, ohne auf entschiedene Gegenwehr zu stoßen. Und überhaupt: hatte er nicht kürzlich, als er mit seinem Großvater zum Gottesdienst gegangen war und auf der Empore gesessen hatte, unten in einer der hinteren Kirchenbänke Studienrat Kolbe, den „Bären", entdeckt, und zwar in seiner SA-Uniform und laut „Großer Gott, wir loben dich" mitsingend! Nein, der „Bär" war ein so treues Mitglied der Kirchengemeinde, daß er sich nie an Kirchenplünderungen beteiligen würde, auch wenn man ihn hin und wieder in der braunen Uniform herumlaufen sah. Und Kurt-Werner war sich sicher, daß er sich auch nicht am jüdischen Gotteshaus vergriffen hatte und wohl zu dem größeren Teil des Kollegiums gehörte, der auf der Seite des Direktors stand.

Die nächsten Tage schienen allmählich über die nächtlichen Ereignisse wieder Gras wachsen zu lassen. Der Zugang zur Synagoge wurde verriegelt, und nach einem kräftigen Novemberregen war auch jene Stelle auf dem Markt kaum mehr auszumachen, an der das Feuer gewütet hatte. Es hieß zwar, einige Tage lang seien verdächtige Gestalten um Doktor Fendels Haus herumgestrichen, um jene zu beobachten, die sich zu dem Arzt in Behandlung begaben, aber Genaueres darüber wurde nicht bekannt. Auch schwieg man sich in der Stadt darüber aus, wer denn jene SA-Leute gewesen waren, die in der verhängnisvollen Nacht die Randale veranstaltet hatten. Kurt-Werners Mutter erklärte zwar, sie traue dem Nachbarn Bernotat es schon zu, dabeigewesen zu sein, weil er davon gesprochen hatte, den Juden würde dieser Denkzettel guttun. Aber sicher war sie sich ihrer Sache nicht. Und als man in der Stadt munkelte, Kreisjägermeister Ohlsen, ein begeistertes Mitglied der Reiter-SA, habe sich an der Plünderung der Synagoge eifrig beteiligt, trat Marta Schwarzat, die langjährige Hausgehilfin Ohlsens, auf den Plan und verkündete bei jeder sich bietenden Gelegenheit, dem könne nicht so gewesen sein, sie habe eigenhändig und in gemeinsamer Anstrengung mit der gnädigen Frau am Abend vor jener fraglichen Nacht den stinkbesoffenen Hausherren ins Bett befördert, woraus jener sich – und darauf könne sie, Marta Schwarzat, heilige Eide schwören – nicht vor dem nächsten Morgen erhoben habe. Dem Umfang des angerichteten Schadens nach zu urteilen, mußte sich ein gutes Dutzend Männer an der Aktion beteiligt haben. Wahrscheinlich schämten sich manche Täter insgeheim, nicht den Mut aufgebracht zu haben, den Anführern die Gefolgschaft in jener bösen Angelegenheit zu verweigern, auch wenn es für sie persönliche Konsequenzen hätte haben können.

Ganz anders stand es um Dr. Jonas. Natürlich war ihm nicht verborgen geblieben, daß nicht alle Herren seines Kollegiums seine „Zivilcourage", wie die meisten sein Verhalten nannten, ohne Einschränkung billigten. Er konnte sich gut denken, bei wem seine Entscheidung auf strikte Ablehnung stieß, auch wenn jener es nicht wagte, ihm seine Meinung ins Gesicht zu sagen. Der Schulleiter gab sich keiner Täuschung darüber hin, daß der Wortlaut seiner Klassendurchsage bald „höheren Ortes" bekannt sein würde. Aber da er ein Mensch von geradezu gefährlichem Vertrauen in sein eigenes Schicksal war, nahm er diese Entwicklung mit achselzuckender Gelassenheit hin. Deshalb wunderte er sich auch nicht, als wenige Tage später ein Anruf aus der Kreisverwaltung kam: Er werde gebeten, zu einer Unterredung, die keinen Aufschub dulde, ins Landratsamt zu kommen.

Aha, ging es Dr. Jonas durch den Kopf, nun ist er also durch mich auch noch in die Schußlinie geraten, mein alter Freund, der Landrat Leppich! Sie kannten sich aus ihrer Studentenzeit in Berlin her, und als sie sich nach vielen Jahren unverhofft in der grenznahen Kleinstadt wiedergesehen hatten, war ihre Bekanntschaft schnell zu einer echten Freundschaft geworden, voll von Vertrauen und gegenseitigem Sich-Öffnen, daß jedem von beiden des anderen Gedankenwelt und politische Einstellung gut vertraut war. Schon einmal hatte sein Freund ihn, den Direktor, aus einer heiklen Situation herausgepaukt, damals nämlich, als man den Ortspfarrer Wanowius, einen Anhänger der bekennenden Kirche, wegen einer unbedachten politischen Äußerung auf der Kanzel verhaftet und in Untersuchungshaft genommen hatte. Sein Eintreten für den Pfarrer war damals vom Kreisleiter als eine Unverschämtheit bezeichnet worden und hatte dessen Adern im Zorn anschwellen lassen. Nur weil Landrat Leppich, dieser ausgefuchste Jurist und exzellente Menschenkenner, alle Register seiner Kunst zog, hatte er jenen Kreisleiter, einen vom kleinen Käsehändler zur „Ortsgröße" avancierten Parteigenossen, dazu bringen können, nicht die Ablösung des Schulleiters zu fordern und sich mit der Erklärung zufriedenzugeben, der Direktor sei nur in Unkenntnis der ihm zustehenden Kompetenzen einen Schritt zu weit gegangen und bereue dieses inzwischen auch selbst.

Der Landrat empfing seinen Freund schon an der Tür seines Arbeitszimmers. Was er sich und ihm da wieder eingebrockt habe! Als ob er nicht genau wüßte, daß der Kreisleiter sich diesmal kaum von juristischen Spitzfindigkeiten beeindrucken lassen werde! Natürlich denke er als sein

Freund über die Vorgänge in der Synagoge nicht anders als er, dessen bedürfe es ja wohl kaum einer Versicherung. Aber warum er sich denn öffentlich diese Blöße gegeben habe, wo er doch genau wisse, daß zumindest einer nur darauf warte, seine Position in der Schulleitung einzunehmen!

Während der Freund auf ihn einredete, hatte sich Dr. Jonas an das Fenster begeben und schaute auf die Allee hinaus, deren blattlose Baumäste sich als bizarres Muster gegen die tiefstehende Novembersonne abhoben. Im Grunde verstand er ja seinen Freund. Und hatte er einen Anlaß, sich ihm gegenüber zu beklagen? War es doch letztlich ein Akt der Fürsorge, der Freundschaft, der jenen dazu trieb, ihm all diese Vorhaltungen zu machen! So schwieg er eine Zeitlang. Als er merkte, daß der Landrat ebenfalls nicht mehr redete und offensichtlich auf eine Antwort wartete, drehte er sich langsam um, sah seinen Freund an und sagte: „Ach laß nur, Paul! Ich werde schon irgendwie damit fertig werden..."

Zunächst schien es so, als wäre Dr. Jonas auch ein zweites Mal mit einem blauen Auge davongekommen. Die Leute in der Kleinstadt sprachen kaum noch über die Vorkommnisse in der Schule, und die Weltgeschichte nahm ohnehin unbeeindruckt von all dem ihren Lauf. Deutsche Truppen besetzten Prag, das Memelland kehrte „heim ins

Reich", die Italiener kämpften in Albanien, und Schalke 04 wurde in Wien großdeutscher Fußballmeister. Am Horizont dämmerte schon der Konflikt mit Polen herauf, als eines Tages um die zehnte Stunde ein Bote der oberen Schulbehörde aus der Provinzhauptstadt in das Dienstzimmer von Dr. Jonas trat, ihn bat, die Entgegennahme eines amtlichen Schreibens durch seine Unterschrift zu bestätigen, und ebenso eilig, wie er gekommen war, das Zimmer wieder verließ.

Der Direktor griff sich den Brieföffner und schlitzte den behördlichen Umschlag auf. Noch während er das Schreiben entfaltete, fiel sein Blick auf das Geäst der großen Linde vor seinem Fenster. Seltsam, ging es ihm durch den Kopf, wieder dieses Astmuster vor dem hellen Himmel! Wäre ich ein Mensch, der sich auf Orakel einließe, so würde ich wahrscheinlich versuchen, einen Hinweis in dem Filigran der Äste zu finden, einen Wink des Schicksals. Warfen nicht einst zauberkundige Frauen Losstäbchen zu Mustern, um aus ihnen die Zukunft zu deuten? Achteten nicht römische Opferpriester auf Linien und Muster bei den Eingeweiden der Opfertiere? Eigentlich sind mir Auguren immer suspekt gewesen. Und doch ertappe ich mich jetzt bei dem Gedanken, es könnte einen Zusammenhang zwischen dem Zufälligen solcher Astmuster und schicksalhaften Momenten in meinem Leben geben . . .

Nachdem Dr. Jonas den Inhalt des Briefes erfaßt und die sich aus ihm ergebenden Konsequenzen sekundenschnell begriffen hatte, stand er langsam auf und bewegte sich wie in Trance in Richtung auf das Lehrerzimmer zu. Aber noch ehe er die Tür erreicht hatte, drehte er um und wandte sich seiner Wohnung zu, die hinter seinem zum Sekretariat gehörenden Arbeitszimmer lag. Wenn jemand ein Recht darauf hatte, als erster von den Veränderungen zu erfahren, dann war das seine Frau. Also trat er durch die Seitentür in den Flur und begab sich in seine Wohnung.

Durch einen Umlaufzettel, den Matthes Klinkhammer zu allen Lehrern in die Klassen hatte tragen müssen, war das Kollegium zu einer kurzen Dienstbesprechung am Ende der Unterrichtszeit in das Lehrerzimmer gebeten worden. Nun umstanden alle Dr. Jonas, der das amtliche Schreiben in seiner Hand hielt. Mit knappen Worten teilte er seinen Lehrern mit, daß er mit sofortiger Wirkung der Schulleitung enthoben und als Unterrichtskraft einem Gymnasium in Schleswig-Holstein zugewiesen worden sei. Die obere Schulbehörde habe das Wort Strafversetzung bei dieser Maßnahme ausdrücklich verwendet, und zugleich habe sie Studienrat Albinger mit der kommissarischen Leitung der hiesigen Schule beauftragt. Den Grund für seine Absetzung zu nennen erübrige sich wohl, und so bleibe ihm, dem nunmehr ausgeschiedenen Schulleiter, nur noch übrig, allen für die gute Zusammenarbeit in all den Jahren seiner Tätigkeit an diesem Gymnasium zu danken. Da er in den nächsten Tagen vollauf damit beschäftigt sein werde, alles für den Umzug vorzubereiten, und bereits in der kommenden Woche die Stadt zu verlassen gedenke, wolle er sich schon jetzt von ihnen allen, denen er weiterhin erfolgreiches Wirken und alles Gute wünsche, dankbar verabschieden.

Als Dr. Jonas geendet hatte, herrschte betretenes Schweigen. Mit einem Händedruck nahm einer nach dem anderen von ihm Abschied. Manchem seiner ehemaligen Getreuen klopfte der abgesetzte Direktor noch freundschaftlich auf die Schulter. Als letzter trat Studienrat Albinger auf ihn zu, reichte ihm die Hand und setzte zu einer Entschuldigung an, die so klang, als hätte er sagen wollen: Diese Entwicklung der Dinge lag nicht in meiner Absicht . . .! Aber Dr. Jonas winkte kurz ab, um anzudeuten, daß es keiner weiteren Worte bedürfe. Er wunderte sich allerdings selbst über seine Selbstbeherrschung, mit der er seinem Nachfolger ein knappes „Machen Sie es gut!" hinterherschickte.

Die Abberufung des beliebten Schulleiters sprach sich in der Stadt und natürlich auch in der Schülerschaft in Windeseile herum. Besonders betroffen waren die Jungen der ehemaligen 4A, die inzwischen zu Untertertianern geworden waren. Mußten doch gleich zwei Fächer bei ihnen neu besetzt werden! Den Deutschunterricht übernahm der

„Bär", den Lateinunterricht Studienrat Hopf, der, hätte er nicht ständig einen Kneifer auf der Nase gehabt und statt seines strammen Anzugs eine lockere Toga getragen, mit Caesar hätte verwechselt werden können. Aber schon in seiner ersten Lateinstunde merkten die Jungen, daß er kein vor Lebendigkeit sprühender Dr. Jonas war. Wen hätte es da wundern sollen, daß selbst jene dem alten Direx nachtrauerten, die mit dem Lateinischen auf Kriegsfuß standen! Zusammen mit den anderen überlegte Kurt-Werner, was man dem scheidenden Lehrer als Erinnerung an die Klasse nach Schleswig-Holstein mitgeben konnte. Ein Abschiedsgeschenk, das war beschlossene Sache, mußte her. Schließlich entschieden sich die Jungen für ein Buch über den Alten Fritz, weil jener ihnen eine gewisse Ähnlichkeit mit dem Johann Cicero gehabt zu haben schien, dem man den klassischen Ausspruch „totschlago vos sofortissime …" in den Mund legte. Ludwig Brunat, ihr Zeichenlehrer, war gern bereit, auf die erste freie Seite in vollendeter Schönschrift eine Widmung einzutragen, und dann setzten alle aus der Klasse ihre Unterschrift dazu.

Der Abschied von der Kleinstadt, der Stätte seines langjährigen Wirkens, stand Dr. Jonas nun bevor. Seine Frau hatte er bereits einige Tage zuvor zu Verwandten nach Berlin geschickt, von wo aus er mit ihr nach Schleswig-Holstein weiterreisen wollte. Die Möbel waren verladen, und er selbst trug nur noch zwei Koffer, als er am Morgen den Bahnhof betrat. Außer ihm hatten sich nur noch wenige Fahrgäste auf dem langen Perron eingefunden. Obwohl die Sonne sich hin und wieder zwischen den regenverhangenen Wolkenstreifen einen Weg zu bahnen verstand, schien doch der Tag trüb zu bleiben, so als kündige sich bereits der Herbst an. Ein Militärtransportzug ratterte auf dem Nebengleis durch das Bahnhofsgelände, und trotz der Tarnnetze erkannte man deutlich die auf den Güterwagen festgezurrten gepanzerten Fahrzeuge, die Vorboten einer unvermeidlich scheinenden kriegerischen Auseinandersetzung.

Aus der Gegenrichtung, aus der man in dem ebenen

Gelände kilometerweit die Geleise auf die Station zulaufen sah, näherte sich der Zug, der die Passagiere in Richtung Königsberg und manchen von ihnen weiter nach Westen tragen sollte. Als die heranrollende Lokomotive schon deutlich Konturen annahm, sah Dr. Jonas plötzlich einen Mann mit einem Stock den Bahnsteig entlanghinken, und hinter ihm schleppte ein größerer Junge einen Koffer heran. Beide kamen dem Wartenden bekannt vor, und noch ehe der Zug den Bahnsteig erreicht hatte, wußte er, wer auf ihn zukam. Der Gehbehinderte war Doktor Fendel – und der Junge dahinter sein ehemaliger Schüler Kurt-Werner aus der Untertertia A. Dr. Jonas erinnerte sich, daß man in letzter Zeit in der Stadt davon gesprochen hatte, der keinesfalls mehr junge Arzt wolle Praxis und Haushalt aufgeben – aus gesundheitlichen Gründen, wie die offizielle Version lautete – und zu einem Bruder nach Paris ziehen. So gehen wir nun sozusagen beide ins Exil, ging es ihm durch den Kopf, ich als Strafversetzter, und er, weil man ihm als Halbjuden das Leben in der Stadt immer schwerer machte. In was für einer Zeit leben wir eigentlich?

Der Zug hielt. Dr. Jonas öffnete eine Abteiltür und wartete, bis die beiden Herankommenden ihn erreicht hatten. „Ihr Schüler war so lieb, mir den Koffer weit vor dem Bahnhof abzunehmen", keuchte der Arzt. „Ohne seine Hilfe hätte ich den Zug glatt verpaßt!"

Er half dem Gehbehinderten in das Abteil. Dann nahm er die Koffer in Empfang, die Kurt-Werner vom Bahnsteig her nachreichte. Dem Jungen blieb gerade noch Zeit, seinem ehemaligen Lehrer das Abschiedsgeschenk in die Hand zu drücken. Dann klappten die Türen zu, der Fahrdienstleiter gab das Abfahrtssignal, und der Zug rollte – immer schneller und kleiner werdend – davon. Noch lange sah Kurt-Werner ihm nach, und noch eine ganze Weile glaubte er eine Hand zu sehen, die ein Taschentuch auf und ab bewegte.

Während der Junge den Weg vom Bahnhof zur Schule zurückging, führte Studienrat Albinger die Untertertia A in die neueste politische Lage ein. Wir im Osten, so erklärte er, gehen großen Zeiten entgegen. Der Blick unseres Volkes ist ostwärts gerichtet, und hier bei uns werden unsere Soldaten bald ihren Siegeszug antreten. Jeder, der jetzt nicht bei uns ist, – und damit machte er eine weite Geste gen Westen, und fast alle ahnten, daß er Dr. Jonas meinte, der auf dem Weg nach Schleswig-Holstein war, – jeder, der nicht an diesen großen Aufgaben im Osten mitwirken kann, ist gestraft und wird uns beneiden. Die nächsten Jahre werden unser Land hier zu einem zentralen Ort deutscher Geschichte machen, und ihr, Jungen, werdet das Glück haben, das alles mitzuerleben!

Während der Geschichtslehrer und neue Schulleiter sprach, hatte sich sein Körper mehr und mehr gestrafft, als wollte er über sich selbst hinauswachsen, und in seine Augen war ein Leuchten getreten, das alle Strahlen zukünftigen Siegesglanzes widerzuspiegeln schien.

Epilog

Lieber Kurt-Werner!

Sie nehmen es mir, Ihrem alten Lehrer, sicher nicht übel, wenn ich Sie mit Vornamen anrede, obwohl Sie mit Anfang zwanzig inzwischen ein erwachsener Mann geworden sind. Ich sehe noch oft Ihre Klasse vor mir und Sie mitten darin, und es will mir dann scheinen, als ob die Zeit stehengeblieben wäre. Und doch hat sich vieles – oder eigentlich alles gründlich geändert.

Ihren Brief mit dem Bericht über Ihr Schicksal und das vieler Ihrer Klassenkameraden habe ich mit großer Anteilnahme und zugleich mit Erschütterung gelesen. Der Tod hat demnach unter Ihrem Jahrgang in den letzten Kriegsjahren und gerade in der Endphase eine besonders blutige Ernte gehalten, und die Wenigen, die das Chaos überlebten und im Westteil Deutschlands eine neue Bleibe fanden, müssen mit Not und Entbehrungen fertigwerden. Über Doktor Fendel, nach dem Sie in Ihrem Brief fragen, habe ich nur soviel in Erfahrung bringen können, daß er nach der Besetzung Frankreichs durch deutsche Truppen von Paris deportiert wurde. Von da ab verliert sich seine irdische Spur im Ungewissen. Angesichts seines Schicksals und des offenbar damit verbundenen Elends wirkt mein Ergehen fast wie eine ironische Verkehrung. Gelangte ich doch durch meine Strafversetzung in eine Zone relativer Sicherheit während des Krieges und verlor nichts an Hab und Gut! Im Gegenteil. Nachdem die britische Militärverwaltung im Sommer letzten Jahres erfahren hatte, daß ich dem früheren Regime mißliebig war, beauftragte man mich mit der Leitung des hiesigen Gymnasiums. So bin ich wieder in „Amt und Würden", und das gibt mir die Möglichkeit, Ihnen ein Angebot zu machen.

Sie schreiben, daß Ihre Eltern am Ende der Kampfhandlungen in Ostpreußen verschollen sind und auch keine näheren Angehörigen auf der Flucht das rettende Ufer Dänemarks erreichten. Damit sind Sie auf sich selbst gestellt. Schade wäre es, wenn dieser Umstand Sie daran hinderte, Ihre durch die Einberufung zum Wehr- und Kriegsdienst abgebrochene Schulausbildung zu einem Ende zu führen.

Kommen Sie also zu uns, sobald Ihre Kriegsverletzung das gestattet und Sie aus dem Lazarett entlassen werden. Meine Frau und ich, denen leider eigene Kinder versagt blieben, würden Sie wie einen Sohn in unseren Haushalt aufnehmen, und Sie hätten darüber hinaus die Chance, an meiner Schule das Abitur nachzuholen.

Sehen Sie in diesem Angebot nicht ein Opfer unsererseits. Es wäre für uns nur so etwas wie ein kleiner Dank an das Schicksal – oder um es auf hergebrachte Art zu sagen: an den lieben Gott – dafür, daß wir, die wir scheinbar gestraft waren, in Wahrheit vor großem Leid bewahrt wurden.

Wir hoffen, wir hören bald von Ihnen, und wir grüßen Sie freundlichst!

Ihre

Albert und Charlotte Jonas

Meine liebe Tochter!

Als wir noch in unserer Heimat in Ostdeutschland lebten, warst Du mit mir jedes Jahr mehrmals auf dem Hof Deiner Großeltern in Gudellen, wo ich geboren bin und auch die längste Zeit meiner Kindheit und Jugend verbracht habe. Noch heute wird Dir das Gebäudegeviert in Erinnerung sein, das so typisch für die Höfe in unserer Gegend nicht weit von der litauischen Grenze war: ein Wohnhaus, eine Scheune und zwei Ställe, von denen einer zugleich als Remise für Wagen und Schlitten diente. Meistens schloß sich an das eine oder andere Wirtschaftsgebäude auch noch ein Schuppen an, in dem Holz und Torf für den Winter Aufnahme fanden, denn viele Bauern produzierten, wie Du sicher noch weißt, einen großen Teil ihres Brennmaterials in den Torfbrüchen selbst. Das Heu wurde durch seitliche Dachluken in die niedrigen Räume direkt über dem Vieh eingelagert – eine praktische Maßnahme, denn man konnte es bei Bedarf auf kurzem Weg zu den Futterstellen schaffen. Natürlich gehörten auch eine Hundehütte und das „stille Örtchen" mit dem herzförmigen Ausschnitt in der Tür zu der Ausstattung eines jeden Hofes. Oft war dieses bewußte Holzhäuschen so an einen Stall angebaut, daß man von der Rückseite her bequem mit einem Pferd den quadratischen Kastenschlitten, wenn er von den menschlichen Abfallprodukten überzuquellen drohte, auf die dahinterliegenden Äcker schleifen und dort den Inhalt als Düngesubstanzen verteilen konnte. Es versteht sich, daß die Luft in der Umgebung jener Felder dann nicht mehr die reinste war.

Ich erzähle Dir dieses alles nicht aus Fabulierlust, sondern weil ich damit vor Dir noch einmal jene Szenerie entstehen lassen möchte, die Du vor Augen haben mußt, wenn ich Dir von jenem litauischen Jungen – oder soll ich eher sagen: jungen Mann? – berichte, nach dem Du kürzlich fragtest, da ich ihn in einem meiner letzten Briefe erwähnte. Du darfst mir glauben: Es fällt mir nicht leicht, über ihn zu schreiben, und zwar so zu schreiben, daß Du die volle Wahrheit erfährst. Aber Du hast ein Recht darauf, auch Dinge zu wissen, die vielleicht den schönen Schein der Erinnerung an die verlorene Heimat trüben werden. So will ich Dir nichts vorenthalten. Wem wäre wohl damit gedient, wenn ich, der ich der letzte Augenzeuge jener Vorgänge bin, die Geschichte sozusagen als ein Geheimnis mit ins Grab nähme, wo sie doch geeignet ist, andere von Fehlentscheidungen abzuhalten!

Stephan, so hieß unser litauischer Kleinknecht, war mit etwa sechzehn Jahren aus dem hügligen Landstrich zwischen Kibarty und Wystiten zu uns auf den Hof gekommen. Die gut zwanzig Kilometer von seinem Heimatort über die Grenze bis nach Mehlkehmen, unserem Kirchdorf, hatte er zusammen mit einem älteren Saisonarbeiter im Frühjahr an einem Tag zu Fuß zurückgelegt, um sich bei einem Bauern in unserer Gegend eine Arbeitsstelle für den Sommer und den Herbst zu suchen. Danach wollte er – zumindest für die Wintermonate – nach Litauen zurückkehren. Bei einer Fahrt durch die Mehlkehmer Dorfstraße hatte ihn mein Vater dort in einer Gruppe von Landarbeitern im Torbogen neben dem Gasthaus erblickt, die Pferde zum Stehen gebracht und, da ihm das offene Gesicht mit den weißblonden Haarsträhnen über der Stirn nicht unsympathisch erschien, den jungen Mann an den Kastenwagen herangewinkt, um zu erfahren, ob er bereit sei, nach Gudellen in Brot und Lohn zu kommen. Die Verständigung gestaltete sich viel leichter als erwartet, denn einerseits verfügte mein Vater über einen nicht geringen Schatz an litauischen Wörtern, den er der Mitteilsamkeit eines früheren Knechtes vom Wystiter See verdankte, und andererseits hatte Stephan schon lange vor seinem Fortgang von Daheim sich mit einer Reihe von kurzen deutschen Sätzen gerüstet, wobei ihm seine Großmutter sehr behilflich gewesen war. Sie hatte in ihrer Jugend als Magd in einer Eydtkuhner Gastwirtschaft in Dienst gestanden und kannte aus jener Zeit sogar eine Menge von plattdeutschen Redensarten wie „Wat de Bur nich kennt, dat frett er nich" oder „Hat di dat Bocke jefalle, mot di oak dat Lamme jefalle", und selbst einige Volkslieder wie „Am Brunnen vor dem Tore" oder „Zogen einst fünf wilde Schwäne" hatten in ihr Deutsch-Repertoire Eingang gefunden. Natürlich war Stephans Vorrat an plattdeutschen Wendungen viel größer als der an hochdeutschen, weil die Litauer, sobald sie die Grenze überschritten hatten, bei uns fast nur Plattdeutsch zu hören bekamen.

Der von meinem Vater angebotene Lohn schien dem jungen Litauer ausreichend zu sein, zumal die Kost nicht angerechnet wurde, und daß er mit einer sehr bescheidenen Schlafstelle würde vorliebnehmen müssen, das schreckte ihn wohl auch nicht, denn er wußte aus Berichten von anderen Grenzgängern, daß das Bett in der Regel nur aus einem Strohsack auf einer Holzpritsche neben den Pferdeboxen im Stall bestand, wozu noch eine oder – wenn es hoch kam – eine zweite Wolldecke gehörte. Lohnabsprachen bedurften früher keines Schriftsatzes, und ein Bauer, der sich nicht an mündlich getroffene Abmachungen hielt, wurde aus der Dorfgemeinschaft ausgeschlossen. Jeder, ob hüben oder drüben, kannte dieses ungeschriebene Gesetz, und so genügte ein kurzer Handschlag zwischen meinem Vater und dem jungen Knecht, den Lohnvertrag gültig zu machen.

Nachdem Stephan seine „Zich", den Kopfkissenbezug mit seinen Habseligkeiten, unter dem Sitz des Wagens verstaut und neben meinem Vater auf dem Holzbrett Platz genommen hatte, traten sie die Fahrt zu uns nach Gudellen an. Während sie über den Sommerweg zwischen hellen Fichtenschonungen und dunkelgrünen Saatfeldern dahinrollten, versuchte mein Vater von dem Jungen etwas über sein Herkommen zu erfahren. Nach und nach enthüllte sich ihm die kurze Lebensgeschichte Stephans: Sein Vater, ein strenggläubiger Kleinbauer mit Namen Jons, hatte die fünfköpfige Familie nur dadurch ernähren können, daß er sich mehrere Monate im Jahr als Waldarbeiter verdingte. Nach dem frühen Tod seiner Mutter bei einer Fehlgeburt war der kleine Stephan mitsamt seinen beiden älteren Schwestern den Großeltern anvertraut worden, und so hatte der Junge die längste Zeit seines Lebens in einem kleinen Gehöft an der Eisenbahnstrecke zwischen Kibarty und Kaunas verbracht, wo der Großvater für die unverhofft gewachsene Familie noch im hohen Alter als Streckenarbeiter ein Auskommen zu finden suchte.

An Liebe und Zuwendung hatte es Stephan nicht gefehlt, weil seine Babuschka – wie er die Großmutter nach russischer Art zärtlich nannte – ihm und seinen Schwestern die früh verlorene Mutter in jeder Weise zu ersetzen versuchte und um eine ordentliche Erziehung der Enkelkinder besorgt war. Seinen Vater hatte Stephan in den letzten Jahren nur noch selten zu Gesicht bekommen, und wenn er sich bei seinen Kindern im Haus der Großeltern blicken ließ, hatte er auf Stephan fast wie ein Fremder gewirkt. Nie war auch nur die Spur eines Lächelns in seinem Gesicht auszumachen gewesen, und sein sehnlichster Wunsch schien darin bestanden zu haben, die Kinder in Ehrfurcht vor Gott und den christlichen Geboten aufwachsen zu sehen.

Als die beiden Stuten mit dem Kastenwagen durch die weite Toreinfahrt auf unseren Hof einbogen, war ich gerade damit beschäftigt, den Schwengel der großen Pumpe in der Mitte des Hofgevierts wiederholt kräftig nach unten zu drücken, damit ein breiter Wasserschwall den unter dem Auslaufrohr stehenden Eimer in kurzer Zeit füllte. Es war Waschtag, und Lenchen, meine ältere Schwester, mußte eimerweise das kühle Naß in die Waschküche schleppen, damit es dort im großen Kessel über dem gemauerten Herd auf Siedetemperatur gebracht werden konnte. Angesichts des blonden Litauers, der neben meinem Vater auf dem Kutschierbrett saß, vergaß Lenchen für eine Weile die ihr zugedachte Aufgabe. Sie zählte immerhin schon fünfzehn Lenze und war für alles, was nach junger Männlichkeit roch, nicht mehr ganz unempfänglich. Verlegen schlug sie die Augen nieder, als sie merkte, daß auch der neue Kleinknecht sie mit neugierigen Blicken musterte. Ich unterließ ebenfalls für kurze Zeit das Pumpen und verfolgte interessiert die Fahrt des Wagens bis vor unser Haus. Weil gerade

Wilhelm, unser gut dreißig Jahre alter Knecht, mit einem Sack Spreu aus der Scheune trat, überließ mein Vater ihm das Ausschirren, winkte dem Neuen zu, ihm zu folgen, und schritt mit ihm, der sich sein blaukariertes Leinenkissen samt Inhalt unter den Arm geklemmt hatte, über die von unzähligen Tritten abgewetzte Steintreppe ins Dunkel des Hauses.

Als er nach einer knappen Viertelstunde wieder mit Stephan in der Tür erschien, gab er mir Anweisung, unseren litauischen Kleinknecht zu seiner Schlafstelle in der Kammer neben dem Pferdestall zu bringen. Nichts tat ich lieber als das. Ich war das Pumpen leid und brannte darauf, nähere Bekanntschaft mit unserem neuen Hofgefährten zu machen. Da ich kaum mehr als „Labas rytas" und „Labas wakaras" kannte, was den Morgen- und Abendgruß bedeutete, und allenfalls die litauischen Zahlen bis zwanzig hersagen konnte, war ich fast ausschließlich auf Stephans Deutschkenntnisse angewiesen. Aber auch auf Zeichen reagierte er schnell und verstand offensichtlich alles gut.

Die enge Knechtskammer mußte er mit Wilhelm teilen, der sich mit seinen Sachen darin über Gebühr breitgemacht hatte und aller Wahrscheinlichkeit nach alles andere als beglückt über eine Einschränkung gewesen wäre. Aber da Stephan nur wenige Habseligkeiten mitgebracht hatte – neben etwas Wäsche waren es wohl nur ein paar abgegriffene Fotografien und eine litauische Bibel –, fand das Wenige in einem schmalen Holzgestell hinreichend Platz. Ich deutete dem jungen Mann an, daß er sich seinen Strohsack in der Scheune auffüllen könne, falls er ihm zu dünn erscheine, aber er war mit allem zufrieden und lächelte mir freundlich zu, so als fühle er sich in seiner Rolle und auf seiner neuen Arbeitsstelle durchaus wohl.

Leider fand ich fast nur in den Abendstunden oder an den Sonntagen der folgenden Wochen Gelegenheit, mit Stephan in engeren Kontakt zu treten, aber wenige gemeinsame Stunden hatten genügt, zwischen uns, die wir durchaus nicht gleichen Alters waren, so etwas wie Freundschaft entstehen zu lassen. Er lehrte mich, eine

Weidenflöte fachgerecht herzustellen, indem man ein astloses Stück behutsam mit dem Messerstiel so lange beklopfte, bis sich der Holzkern mühelos aus der Rindenhülle herausziehen ließ, er zeigte mir, wie das Mundstück zugeschnitten und die Tonlöcher richtig plaziert wurden, und bald konnte ich darauf den Anfang von „Bugdaschello katawa – melzke irbudeke" spielen, was im Deutschen dem Eingang des Kirchenliedes „Mache dich, mein Geist, bereit" entsprechen sollte. Oder er baute aus den abgenagten Brustknochen eines geschlachteten Huhns mit Hilfe eines Gummibandes und eines Holzspans einen Springteufel, den wir vor der Hütte unseres Hofhundes Nero herumwirbeln ließen, sehr zu dessen Verdruß, denn die kurze Kette erlaubte es ihm nicht, sich mit gefletschten Zähnen wütend auf das sich ständig überschlagende Etwas zu stürzen.

Meistens aber gingen Stephan und ich getrennte Wege: ich am Vormittag in die Schule nach Bisdohnen und am Nachmittag zu Spielkameraden auf andere Höfe, er mit meinem Vater und Wilhelm zur Feldarbeit hinaus auf die Äcker und Wiesen.

Schon bald hatte ich bemerkt, daß der ältere Knecht den jüngeren irgendwie nicht mochte, obwohl er ihm eigentlich kein ernsthafter Konkurrent hätte sein können. Weder kam Stephan ihm bei seinen amourösen Ausflügen zu Natalie, der rundlichen Magd auf dem Buratschen Nachbarhof, in die Quere, noch bemühte sich je der junge Litauer, ihm die fettesten Fleischstücke aus dem Suppentopf beim gemeinsamen Essen in der Küche oder die Stullen mit dem dicksten Wurstbelag bei den Mahlzeiten auf dem Feld wegzuschnappen. Vielleicht hatte allein schon die Tatsache, daß ein zweiter in seine Schlaf- und Wohnkammer eingezogen war, in Wilhelm eine Abneigung gegen den anderen aufkommen lassen. Jedenfalls kehrte er dem Jüngeren gegenüber seine Überlegenheit heraus, sobald sich eine Gelegenheit dazu bot, und gar nicht selten kam es vor, daß er aus einem nichtigen Anlaß einen Streit mit Stephan anfing oder ihn als seinen Paslack, also unterwürfigen Diener, zu mißbrauchen versuchte.

Als der erste Wiesenschnitt anstand, zeigte sich schnell, daß Stephan durchaus als dritter Mäher hinter den beiden Erwachsenen mithalten konnte. Geschickt zog er das scharfe Sensenblatt in leichtem Bogen nach hinten und unten durch, ohne mit der Spitze in das Erdreich zu geraten, und als Wilhelm, der dem Jüngeren solch ein Geschick nicht zugetraut hatte, breitbeinig mähend an der Spitze vorwärts eilte und bewußt das Tempo forcierte, ließ sich Stephan nicht abhängen. Einmal nur stockte er, weil er ein Lager mit Junghasen in einer Grasmulde entdeckt hatte. Behutsam trug er die verängstigten Tiere mit seinen Händen auf ein bereits gemähtes Wiesenstück zur Seite, nahm dann seine Arbeit wieder auf und hatte in kurzer Zeit den Anschluß an seine Vorderleute gefunden.

Meinem Vater nötigte diese Bereitschaft des Jüngeren zum Mithalten mit den Erwachsenen ein Wort der Anerkennung ab. Wilhelm hingegen machte nur eine fortwerfende Handbewegung und murmelte so etwas wie „...nüje Besems kehre good ...", womit er offenbar zum Ausdruck bringen wollte, daß er Stephans Anstrengungen für ein Strohfeuer hielt. Aber hierin täuschte er sich. Der junge Litauer zeigte sich in allem höchst anstellig, sei es, daß es galt, beim Torfmachen den schweren Boden auszustechen und die rechteckigen Moorstücke so zum Trocknen zu schichten, daß sie nicht auseinanderbrachen, sei es, daß es beim Einfahren darauf ankam, mit der Forke die Heuballen oder Korngarben so auf den fast voll beladenen Leiterwagen zu wuchten, daß sie nicht wieder herunterstürzten und den Stakenden unter sich begruben.

Außerdem tat sich Stephan durch eine Besonderheit hervor, die allen anderen auf unserem Hof und, soweit ich das beurteilen kann, auch allen übrigen Dorfbewohnern abging: Er besaß ein besonderes Gespür für plötzliche Wetterumschwünge. Als kleiner Junge war er einmal aus der dicht belaubten Krone eines Apfelbaumes kopfüber heruntergestürzt. Im Fallen hatte er instinktiv die Arme nach vorn gestreckt, um mit den Händen den Aufprall auf den Boden abzufedern. Sein Pech war es, daß der Groß-

vater den Kaninchenstall just unter jenen Baum gesetzt hatte und er beim Sturz mit dem linken Unterarm gegen die vergitterte Stellage geraten war. Das Ergebnis: eine klaffende, stark blutende Fleischwunde und ein gebrochener Ellenknochen! Nun, nach wenigen Monaten war der Schaden nahezu behoben. Geblieben war allerdings eine lange Narbe und ein Ziehen im Unterarm, das sich in unregelmäßigen Abständen einstellte. Anfangs hatte Stephan diesen leichten Schmerz als unangenehm empfunden. Als er jedoch herausbekam, daß sein Arm wie ein Barometer funktionierte und Wetterstürze schon Stunden vor ihrem Sichtbarwerden signalisierte, empfand er dieses Instrumentarium als gar nicht schlecht; vermochte er doch mit seinen Spielkameraden bei plötzlich bevorstehendem Wetterwechsel Wetten abzuschließen, in denen seine Erfolgsaussichten nahezu hundertprozentig waren. Auf diese Weise hatte er es zu einer beachtlichen Sammlung bunter Glasmurmeln gebracht, und einmal war ihm von seiner privaten Glücksgöttin sogar ein zwar altes, aber immerhin noch recht brauchbares Klappmesser beschert worden, ein richtiger Poggeritzer, wie wir zu sagen pflegten.

Uns half Stephans Fähigkeit zur Wetterprophetie in jenem Sommer außerordentlich. Mehrere Tage lang hatte es nicht geregnet, und dank eines warmen Windes war unser Heu auf der großen Wiese nahe der Pissa, die mit ihren weiten Flußwindungen unser Land nach Westen hin begrenzte, schon so trocken, daß dem Einfahren nichts im Wege gestanden hätte. Aber der Sonntag stand bevor, und da Wilhelm schon seit langem einen Besuch bei seinem Onkel in Schakummen für jenen Tag ins Auge gefaßt hatte, waren mein Vater und er übereingekommen, das Heu zu Beginn der neuen Woche einzufahren. In der Frühe des Sonntags hatte sich Wilhelm auf den Weg in Richtung Rominter Heide gemacht (er hoffte wahrscheinlich, den kinderlosen Onkel einmal zu beerben), wieder strich laue Luft über die Felder, und das strahlende Himmelsgestirn versprach einen angenehmen Tag, den man als Vorboten für einen schönen Wochenanfang hätte gelten lassen können. Wir saßen mittags arglos um den großen Holztisch herum und ließen uns die mit Spirgeln angereicherten Bratkartoffeln gut schmecken, die uns Lenchen nach Anweisung unserer Mutter zubereitet hatte, und Stephan genoß es sichtlich, einmal ohne Wilhelm mit uns das Mittagsmahl einnehmen zu können. Mir fiel auf, daß er nicht seinen linken Arm, wie er es gewohnt war, beim Essen unter den Tisch geschoben hatte, sondern den Ellenbogen auf der blanken Platte aufstützte und den angewinkelten Arm steil nach oben hielt. Minutenlang hatte keiner ein Wort gesprochen, weil alle mit sich und den Bratkartoffeln beschäftigt waren, und nur das Klicken der Gabeln auf den Tellern und ein gelegentlicher Schmatzlaut bildeten den akustischen Hintergrund der rustikalen Sonntagsmahlzeit. Da streckte Stephan plötzlich seinen Zeigefinger in die Höhe, drehte seinen Kopf über die Schulter zum Fenster hin und erklärte mit einem Blick zum taubenblauen Himmel: „En korte Tied kemmt Blitz un Donner, un denn räjent et ...“ Alle sahen ihn wie entgeistert an, aber er ließ sich durch unsere Reaktion nicht beirren und ergänzte seine Wettervorhersage mit einem kategorischen: „Ek weet et, min Oarm deit weh!“ Was sollten wir tun? Seine Warnung als einen Sonntagsscherz abtun? Es darauf ankommen lassen und den Montag abwarten? Meine Mutter war es, die in dieser Situation die Entscheidung herbeiführte. Sie erinnerte sich, daß vor vielen Jahren ihrem Vater durch zu langes Zögern der gesamte Heuertrag einer Hauptsaison nach wochenlangem Regen verdorben war und daher viel Viehfutter aus der Nachbarschaft geborgt oder für teures Geld hinzugekauft werden mußte. So drängte sie zu schnellem Handeln. Stephan und ich verschlangen eilig die letzten Bratkartoffeln, während mein Vater bereits die Stuten vor den Leiterwagen spannte und Lenchen sowie meine Mutter in ihre Kittel für die Feldarbeit schlüpften. Es mußte diesmal auch ohne Wilhelm gehen. Wir kletterten alle auf den Wagen, und in rascher Fahrt ging es durch den Hohlweg in Richtung auf die Saleckersche Wassermühle zu, wobei die Kopftücher, die Mutter und Lenchen um den Hals hingen, heftig im Fahrtwind flatterten. Unten bei der großen Wiese angekommen, übergab mir Vater die Zügel und begann mit Stephan, das Heu aufzustaken, während die beiden Frauen die Ballen auf dem langen Wagen gleichmäßig verteilten.

Ich lenkte, neben den Pferden gehend, das Gefährt jeweils eine halbe Gespannweite vorwärts, sobald ein Wiesenstück vom Heu geräumt war. So arbeiteten wir eine gute Stunde, aber wir hatten noch nicht den ersten vollbeladenen Wagen zum Hof kutschiert, als sich der Himmel zum Süden hin einzutrüben begann. Wir sputeten uns, so gut wir konnten, und als die zweite Fuhre abgeladen war, hatte sich schon eine breite, dunkle Wolkenwand hoch in den graublauen Himmel geschoben, die Sonne war verschwunden, und nur ein weißer, strahlender Rand am oberen Saum des Wolkengebirges ließ erkennen, daß sie die gewaltige Kulisse von hinten wie ein riesiger Scheinwerfer anstrahlte. Nicht lange, und das Naturspektakel fand in langgezogenem Donnergrollen seine musikalische Begleitung in Moll.

Mein Vater drängte jetzt zu noch größerer Eile. Wir jagten ein drittes Mal zur Wiese hinab, rafften die letzten

Heureihen zusammen, während bei Mehlkehmen schon die ersten Blitze aus der schwarzen Wand herunterzuckten, stakten die Ballen auf den Wagen und erreichten gerade unseren Hof, als dicke Regentropfen auf uns niederzuprasseln begannen. Zum Abladen vor den Heuluken über den Ställen blieb uns keine Zeit mehr. So rettete das offene Scheunentor uns und das letzte Heufuder vor dem Wolkenbruch, der wie eine Sintflut auf Dächer, Hof, Garten und Felder ringsum niederging.

Als der schlimmste Guß vorüber war, das Gewitter sich allmählich unter Nachhutgefechten verzog und wir es wagen konnten, aus der Scheune herauszutreten, bot sich uns ein trauriger Anblick. Der Hof hatte sich in eine kleine Seenlandschaft verwandelt, und auf der abschüssigen Straße hinter unserem Gehöft lief das Regenwasser in breiten Bächen zu Tal. Wir konnten uns leicht ausmalen, wie unser Heu ausgesehen hätte, wenn es nicht vor diesen feuchten Massen rechtzeitig in Sicherheit gebracht worden wäre. Was Wunder, daß wir von da ab Stephan mit noch mehr Freundlichkeit bedachten, ganz zu schweigen von Lenchen, die sich ohnehin in den weißblonden jungen Mann verguckt zu haben schien und wohl nichts sehnlicher wünschte, als daß er ein Junge ihres Alters vom Nachbarhof gewesen wäre . . .!

Der Wandel in der Art, wie Stephan fortan von unserer Familie behandelt wurde, konnte Wilhelm nicht verborgen bleiben, und er registrierte die Veränderung wahrscheinlich mit Mißbehagen. Ich hatte den Verdacht, er mißgönnte dem Jüngeren den freundlichen Umgangston, aber er war wohl nicht dumm genug, sich offen dagegen auszusprechen. Vielmehr verfiel er in eine Art stillen Trotz, äußerte sich nur zum Nötigsten und ging im übrigen schweigend und glubschäugig seiner Arbeit nach.

Vielleicht wäre das, was später passierte, ohne unsere freundliche Hinwendung zu Stephan nicht geschehen. Aber wer von uns konnte damals ahnen, welchen Lauf das Schicksal nehmen würde? Wir sahen in ihm einen hoffnungsvollen jungen Menschen, der uns mit Freundlichkeit begegnete, uns nach Kräften unterstützte und keinen bösen Lebenswandel vermuten ließ, zumal er nach wie vor auf christliche Grundsätze zu achten schien und auch hin und wieder am Sonntag zum Gottesdienst nach Mehlkehmen wanderte, wo er offensichtlich keine Schwierigkeiten hatte, die Stimme des Herren in deutschen Worten und deutscher Grammatik zu vernehmen, noch dazu in evangelischer Art (denn eine katholische Kirche hätte es für den gläubigen Litauer erst in einer Entfernung von fast zwanzig Kilometern gegeben).

Natürlich hatte der Kirchgang für Stephan auch einen Nebenzweck: traf er sich doch hinterher auf der breiten Straße vor dem Krug mit zahlreichen Landsleuten, Männern und Frauen, die – wie er – im Kirchspiel einen Arbeitsplatz gefunden hatten. Dort wurde erzählt und gelacht, Erfahrung wurde gegen Erfahrung ausgetauscht, manche Dose Tabak wechselte den Besitzer, und hinter vorgehaltener Hand tuschelte man über dieses oder jenes Mädchen. Aber es hieß auch, daß dort das eine oder andere Schmuggel- oder Diebesgut verschoben wurde. Daher

sahen es nicht alle Hofbesitzer gern, wenn ihre litauischen Landarbeiter sich sonntags zu diesem Rendezvouz begaben, und August Wilke, unser Bezirksgendarm, strich dann regelmäßig um die Mittagszeit wie ein Fuchs beim Gänsestall um die Litauerpulks herum und signalisierte mit seinem Zwicker auf der Nase erhöhte Einsatzbereitschaft. Doch nur selten fand er einen Grund für einen „behördlichen Eingriff". Die meisten Männer – und vor allem die Frauen – hatten ein reines Gewissen und schmunzelten nur über den Beamten, der mit seinen blanken Stiefeln, seiner grünen Uniform und dem unförmigen Tschako auf seinem runden Kopf die personifizierte Obrigkeit samt Auge des Gesetzes darzustellen versuchte. Jene wenigen schwarzen Schafe aber, die gelegentlich dem guten Ruf der Saisonarbeiter schadeten, waren in der Regel viel zu gerissen, als daß sie der würdevollen Behäbigkeit unseres Wachtmeisters auf den Leim gegangen wären.

Wie dem auch gewesen sein mag: Meinem Vater waren gewisse „Unregelmäßigkeiten" zu Ohren gekommen, die sich im Zusammenhang mit Litauern in Mehlkehmen zugetragen hatten, und daher fühlte er immer ein Unbehagen, wenn er Stephan beim sonntäglichen Treffen im Kirchdorf wußte. Aber er mochte ihm auch nicht den feiertäglichen Gang dorthin verbieten, weil er durchaus religiöse Gefühle respektierte.

Inzwischen hatten die spätsommerlichen Erntearbeiten und die frühherbstlichen Feldbestellungen ihren Abschluß gefunden. In den letzten Strahlen einer milden Oktobersonne waren die Äpfel in unserem Garten zu rundlicher Fülle gereift und hatten rotschimmernde Backen bekommen, die Kartoffeln waren in Kellern und Strohmieten verstaut, und uns stand nur noch die Rübenernte bevor – sozusagen der letzte größere bäuerliche Kraftakt vor der wohlverdienten Winterpause. Das sollte auch Stephans letzter Arbeitsabschnitt auf unserem Hof sein, denn fünf Wochen nach Michaelis lief sein Vertrag aus. Wir wußten nicht, ob er sich auf seine Rückkehr zu Schwestern und Großeltern freute, die er ein halbes Jahr lang nicht zu Gesicht bekommen hatte und von denen in der Zwischenzeit nur zwei Postkarten mit spärlichen Mitteilungen und frommen Ermahnungen gekommen waren. Bei aller Munterkeit, die er an den Tag zu legen pflegte, hielt er sein Innenleben, zumindest uns gegenüber, bedeckt.

Je näher der Tag der Trennung rückte, um so kummervoller sah allerdings Lenchen drein. Sie hatte wohl insgeheim gehofft, daß Stephan auch den Winter auf unserem Hof verbringen würde, und als es offenkundig wurde, daß sich ihre Herzenshoffnung nicht erfüllte, spähte sie nach einem Zeichen, ob Stephan denn nicht Lust verspürte, im nächsten Frühjahr wiederzukommen. Aber nichts dergleichen geschah. Es war zwar nicht zu übersehen, daß der junge Mann irgendwo in seinem Herzen ein kleines, glimmendes Liebesfeuer trug, denn wenn man ihn neckte und Anspielungen machte, die sein Liebesleben hätten betreffen können, bekam er einen roten Kopf und wandte das Gesicht ab. Aber welches Mädchenbild ihn in Tag- oder Nachtträumen begleitete, das wußten wir nicht – und am allerwenigsten wußte es Lenchen, die aus ureigenem Interesse gern hinter sein Geheimnis gekommen wäre.

Aber sie hat es nie erfahren, und wir anderen ebensowenig, denn das Verhängnis brach so plötzlich über uns herein, daß es all diese Überlegungen mit eherner Faust beiseite schob und uns nur noch Raum ließ für eine Frage, nämlich die nach der Schuld.

Es war gegen Ende der letzten Woche, in der wir die Rüben auf dem Feld putzten, sie zum Hof fuhren und auf Holzrutschen in den „Runkelkeller" hinunterpoltern ließen. Die Nächte waren damals schon so kühl, daß der erste Frost nicht mehr fern sein konnte, und so beeilten wir uns, auch die abgeschnittenen Rübenblätter – besonders für Kühe eine willkommene Abwechslung in ihrem Futterplan – in die Ställe zu fahren. Damit die Arbeiten zügig vorangingen, war auch meine Mutter mit aufs Feld hinausgegangen. Das Haus blieb unverschlossen, denn wenn sich ein Fremder dem Hof genähert hätte, wäre er von uns bemerkt worden, da der Hügel, auf dem unser Rübenfeld lag, nach allen Seiten hin gute Sicht bot. Uns aber gewährte die offene Tür die Möglichkeit, bei den Fahrten vom Feld zum Hof schnell einmal ins Haus zu springen, um mit einem Glas Himbeersaft den ärgsten Durst zu stillen oder sich eine Ecke Brot abzubrechen und den Happen auf dem Rückweg zum Feld kleinzukauen. Wilhelm und Stephan benutzten in der Regel die Pumpe auf dem Hof, wenn ihnen die Kehlen brannten, aber auch sie hatten das Recht, sich in der Küche mit Saft und Brot einzudecken. Meine Eltern vertrauten ihnen und fürchteten von ihrer Seite nichts Übles. Aber in dieser Arglosigkeit den beiden Knechten gegenüber lauerte die Gefahr. Denn am Abend jenes arbeitsreichen Tages vermißte mein Vater seine goldene Taschenuhr, die ihren Platz gewöhnlich in der obersten Schublade der Kommode im elterlichen Schlafraum hatte. Sie war das einzige Schmuckstück, das mein Vater besaß, ein Erbstück, an dem er sehr hing; und nur bei besonderen Anlässen wie Hochzeiten, Kindtaufen, Konfirmationsfeiern und Beerdigungen knüpfte er die Goldkette an den Mittelknopf der Weste seines schwarzen Anzugs und steckte die Uhr so in die kleine Seitentasche, daß von ihr nur der Kopf herausblinkte, während die Kette mit einem eleganten Bogen die sichtbare Verbindung zur Knopfreihe bildete.

Zunächst suchten die Eltern das Schlafgemach ab, und die wenigen Anzüge, die ein Bauer wie mein Vater in der damaligen auf Sparsamkeit bedachten Zeit neben dem Kirchrock besaß, wurden auch einer gründlichen Durchsicht unterzogen. Aber alles Suchen half nichts. Da kein Fremder den Tag über das Haus betreten hatte, mußte es jemand vom Hof gewesen sein, der die Uhr samt Kette entwendet hatte. Am nächsten Morgen nahm Mutter uns Kinder ins Gebet, aber wir beide, Lenchen und ich, konnten nach bestem Wissen und Gewissen erklären, wir hätten keine Ahnung, wo das vermißte Wertstück sich befinde. Uns wurde noch eingeschärft, über die Angelegenheit kein Wort anderen gegenüber zu verlieren, und da ich mich nach dem Frühstück eilig auf den Schulweg machen mußte, hätte ich auch kaum eine Gelegenheit gehabt, mit Stephan oder Wilhelm darüber zu sprechen, selbst wenn mir danach zumute gewesen wäre.

Was sich dann zutrug, erfuhr ich erst nach meiner Heimkehr am frühen Nachmittag. Mein Vater hatte die Knechte zur Feldarbeit geschickt und sich dann zum Stall in deren Schlaf- und Wohnkammer begeben, um dort nach der verschwundenen Uhr zu suchen. Wilhelms Kleider, Wäsche und sonstige ihm gehörige Dinge waren in kurzer Zeit durchgesehen, und auch zwischen Stephans wenigen Habseligkeiten, das zeigte sich schnell, fand sich das Gesuchte nicht. Mein Vater war bereits dabei, durch die sehr niedrige Tür aus der engen Kammer zu treten, als ihm einfiel, daß Lagerstätten sich auch als Versteck eigneten. Also wandte er sich zurück und inspizierte auch die Bettgestelle samt Inhalt. Später berichtete er, daß ihm fast das Herz stehengeblieben sei, als er unter Stephans Strohsack ein zusammengeknotetes blaukariertes Taschentuch hervorzog, in dem er etwas Metallenes ertastete. Seine Ahnung wurde zur Gewißheit, als er den Knoten löste: die vermißte Uhr mit Goldkette bildete den Inhalt des Stoffpäckchens!

Ich weiß nicht, ob es Vater lieber gewesen wäre, wenn er das kleine Bündel in Wilhelms Schlafstelle gefunden hätte. Vielleicht wünschte er damals sogar, das verschwundene Gut wäre nie wieder aufgetaucht, weil ihn die Enttäuschung über die Unehrlichkeit eines seiner Mitarbeiter auf dem Hof sehr tief getroffen haben muß. Zunächst teilte er Mutter das Ergebnis seiner Recherchen mit – Lenchen erfuhr nichts davon –, und dann ging er mit dem Bündel in der Jackentasche aufs Feld hinaus, wo die beiden Männer damit beschäftigt waren, das abgeerntete Gelände umzupflügen. Wilhelm hielt den Pflug und lenkte gleichzeitig die Pferde, und Stephan war damit zugange, die dicksten Steine, welche die Pflugschar mit den Erdschollen an die Oberfläche gedrückt hatte, aufzuheben, zum Feldrand zu tragen und dort aufzuschichten.

Als mein Vater die beiden erreicht hatte, gab er Wilhelm ein Zeichen, mit der Arbeit einzuhalten, zog das Bündel aus der Tasche, öffnete es und hielt den Inhalt den Männern schweigend entgegen. Beide standen wie angewurzelt da, blickten auf seine Hände und schwiegen. Erst die Erklärung meines Vaters, er habe seine Uhr vermißt und diese dann unter Stephans Strohsack wiedergefunden, löste bei beiden Reaktionen aus, allerdings sehr unterschiedlicher Art: Wilhelm kommentierte das Geschehene mit dem lapidaren Satz, er habe sowas schon lange kommen sehen, Stephan hingegen schossen die Tränen in die Augen, er schlug die Hände vors Gesicht und schluchzte in sich hinein. Nur mühselig brachte er mit fast erstickter Stimme ein „Ek wor et nich!" heraus. Aber was half das? Der Schein sprach gegen ihn, und so nahm ihn mein Vater beiseite und sprach von der großen Enttäuschung, die er ihm und uns anderen bereitet habe, versäumte es wohl auch nicht, auf die zehn christlichen Gebote hinzuweisen, unter denen das siebente durchaus nicht das unwichtigste sei, und er deutete vermutlich auch an, daß er den Fall nun wohl oder übel der Gendarmerie zur Kenntnis bringen müsse. Stephans Arbeitsverhältnis erklärte er als ab sofort für beendet, wandte sich brüsk um und ging wieder zum Hof zurück.

Dort überlegte er zusammen mit meiner Mutter, wie in jenem Fall weiter zu verfahren sei. Wahrscheinlich kamen ihm schon dabei Bedenken über sein Vorgehen den beiden Männern gegenüber. Sollte Stephan etwa doch die Wahrheit gesagt haben? War Wilhelm die Schurkerei zuzutrauen, den Jüngeren aus Neid in diese üble Situation des Verdachts gebracht zu haben? Auf jeden Fall kamen unsere Eltern zu dem Entschluß, zunächst nicht die Polizei einzuschalten. Vielleicht brachten die nächsten Stunden oder der nächste Tag doch noch Licht in das Dunkel der Verdächtigungen.

Gegen Mittag kehrten die Männer vom Feld zurück, aber als nur Wilhelm zum Essen in der Küche erschien und selbst nach einer weiteren halben Stunde Stephan immer noch nicht durch die Haustür getreten war, wurden die Eltern unruhig. Beide gingen auf den Hof hinaus, um nach dem jungen Litauer Ausschau zu halten. Sie fanden ihn weder in der Knechtskammer – dort war alles so, wie Vater es am Morgen hinterlassen hatte –, noch gab es eine Spur von ihm in den Ställen. Während mein Vater noch überprüfte, ob Stephan sich vielleicht auf das „stille Örtchen" zurückgezogen habe, und durch die kleine Öffnung in der Tür das Dunkel im Inneren mit seinen Augen zu durchdringen versuchte, zerriß ein gellender Schrei die Mittagsstille. Meine Mutter lief von der Scheune her über den Hof zum Haus zurück und stieß laut jammernd und stockend immer wieder nur Worte wie „Ach Gottchen, ach Gottchen" und „Helft schnell! Kommt schnell!" aus. Mein Vater stürzte zum Scheunentor, aber auch Wilhelm rannte quer über den Hof dorthin, und was sich ihren Blicken darbot, ließ das Blut in ihren Adern gerinnen. Stephan hing unbeweglich an einem Strick herab, den er um einen der starken Eichenbalken geknüpft hatte, den Kopf leicht zur Seite geneigt. Seine Hände lagen schlaff auf seinen Arbeitshosen, und die ausgestreckten Finger schienen auf die Schlorren zu deuten, die er am Fuß der Leiter aufgestellt hatte, mit deren Hilfe er auf den Balken gelangt war.

Das übrige ist rasch erzählt. Es war wenig hilfreich, daß man Stephan eiligst vom Balken löste und ihn wieder zum Atmen zu bringen versuchte. Auch der aus Tollmingkehmen herbeigerufene Arzt, der nach einer guten Stunde fast zeitgleich mit unserem Gendarm auf unserem Hof eintraf, konnte Stephan nicht wieder ins Leben zurückrufen. Ich sah, als ich aus der Schule heimkehrte, schon von weitem die Ansammlung von Nachbarn und einigen fremden Leute auf unserem Hofgelände, und ich wußte sofort: Etwas mußte passiert sein, denn es kam bei uns nicht vor, daß sich so viele Menschen ohne besonderen Anlaß auf einem Grundstück einfanden. Eine böse Ahnung überkam mich, und ich mußte an das Gespräch mit den Eltern am Morgen denken. Die letzten zweihundert Meter hastete ich keuchend dem Hof zu, aber schon vor dem Tor fing mich Onkel Burat ab, nahm mich zur Seite und versuchte mir schonend beizubringen, was geschehen war. Beharrlich weigerte er sich, mich weiter an den Ort des Geschehenen vordringen zu lassen, weil er wohl fürchtete, daß ich ähnlich reagieren würde wie Lenchen, die, als man den toten Jungen ins Freie getragen und dort auf einem Ballen Stroh gebettet hatte, plötzlich aus dem Haus gestürzt war, sich schluchzend über ihn geworfen hatte und nur mit großer Anstrengung mehrerer Leute dazu gebracht werden konnte, die Umklammerung zu lösen und sich ins Haus zurückführen zu lassen. So habe ich Stephan nie mehr wiedergesehen. Wir Kinder wurden von einer Nachbarin zu den Großeltern nach Lengmischkehmen gebracht und durften erst wieder heimkehren, als alles vorüber war: Die polizeiliche Untersuchung, die Klagen der aus dem Litauischen herbeigeholten Verwandten Stephans, die Beerdigung auf dem kleinen Dorffriedhof nahe der Mühle und der Fortgang Wilhelms.

Er hatte von sich aus den Dienst bei uns aufgegeben, sei es, daß ein schlechtes Gewissen ihn dazu trieb, den schaurigen Ort einer Untat eiligst zu verlassen, oder sei es, daß er auch als Unschuldiger nicht mehr durch alles an das Verhängnis erinnert werden wollte.

Bei der polizeilichen Vernehmung hatte ihm keine Schuld nachgewiesen werden können – ebensowenig wie meinem Vater, Deinem Großvater. Aber das war die eine Seite des grauenhaften Geschehens. Für Vater war Stephans Tod eine schwere Hypothek, die ihn fortan bis zu seinem eigenen Ableben belastete. Ich weiß nicht, unter welchem Vorwurf er besonders litt. War es der des voreiligen Handelns? War es der Vorwurf, dem jungen Mann, selbst wenn er damals der Täter gewesen sein sollte, nicht die Möglichkeit zur Umkehr, zur Besserung eingeräumt zu haben? Er hat nie mehr darüber gesprochen und blieb wortkarg bis zu seinem Ende.

Auch ich kann nicht leugnen, daß mich das Ereignis, so jung ich damals noch war, tief geprägt hat. Es blieb mir die Erkenntnis, Zeuge gewesen zu sein, wie ein junges Leben ausgelöscht wurde, weil niemand bereit war, dem Schein zu widersprechen oder einen Fehltritt zu verzeihen. Mit Sicherheit hat mich das Erlebte vorsichtiger in meinem Urteil werden lassen, und noch heute fürchte ich kaum etwas mehr als dieses: Aus vorschnellem Handeln einem anderen Unrecht zuzufügen oder gar an ihm schuldig zu werden. Wir Menschen können einander nie so tief in die Herzen sehen, daß sich alles darin klar und eindeutig wie in einem Spiegelbild abzeichnet. Das letzte Urteil bleibt eben nicht uns, sondern einer höheren Instanz vorbehalten, und ich bin sicher, daß dort allen Gerechtigkeit widerfährt, den schuldig Gewordenen wie jenen, die sich für unschuldig halten oder es sogar sind.

Ich grüße und umarme Dich

Habent sua fata libelli

Bücher haben ihre Schicksale – dieser Satz eines lateinischen Autors fiel mir ein, als ich nach einer passenden Überschrift für eine Geschichte suchte, eine mysteriöse Geschichte, die mir eine Bekannte aus früheren Tagen anvertraut hatte. In ihr ging es allerdings nicht um das Schicksal eines Buches, sondern ein Bild spielte darin die Hauptrolle, die Fotografie eines Menschen. Ich hatte Dora, so der Vorname meiner Bekannten, nach vielen Jahren wiedergesehen, genauer gesagt: Es lag fast ein halbes Jahrhundert zwischen unserer letzten Begegnung in jener ostdeutschen Stadt, die für uns beide Mittelpunkt unserer Jugend und damit Heimat gewesen war, und unserem unverhofften Wiedersehen in einem idyllischen Ort am Rande der Lüneburger Heide, wohin man ehemalige Bewohner unserer Heimatstadt und des dazugehörigen Kreises zu einem Treffen eingeladen hatte.

Das Schicksal war, so hatte ich zwischenzeitlich von gemeinsamen Freunden erfahren, mit Dora nicht gerade behutsam umgegangen. Gehörte sie doch zu jener großen Gruppe junger Frauen, denen man nach Leid und Not der letzten Kriegsjahre noch zusätzlich – wie vielen kriegsgefangenen Männern – jahrelang harte Fronarbeit auf der Seite des ehemaligen Feindes im Osten aufgebürdet hatte. Wenig hilfreich oder gar tröstlich mochte für Dora dabei die Tatsache gewesen sein, daß sie den größten Teil des von unsäglichen Mühen begleiteten „Wiederaufbau-Einsatzes" in unserem Heimatort ableisten mußte, dem die Russen schon bald nach dem Ende der Kampfhandlungen im Siegesrausch und in der Zuversicht, er werde nie mehr zu Deutschland gehören, den Namen eines in seiner Nähe gefallenen Sowjetgenerals gegeben hatten. Jenem Ort aber, den die Eroberer nun Nesterow nannten, war kaum noch viel gemeinsam mit dem Städtchen, in dem Dora und ich unsere Jugendjahre verbracht hatten. Zu sehr wüteten die erbitterten Kämpfe im Spätherbst 1944, das mörderische Hin und Her der Frontverschiebungen im Ort selbst und um ihn herum, als daß jene Ruinenlandschaft, die sich den Überlebenden bot, als der Schlachtenlärm verstummt und die Brandschwaden verweht waren, noch einen Vergleich mit jener kleinen Stadt ausgehalten hätte, die mit ihren drei Marktplätzen einst die buntbewegte Mitte eines um sie herum munter pulsierenden ländlichen Umfeldes gewesen war. Und der Tod hatte noch lange nach dem Abklingen der Kämpfe über das gepeinigte Land eine Benommenheit verbreitet, die in den Herzen und Gemütern der Übriggebliebenen fast wie eine innere Lähmung nachwirkte.

Geborstene Wände einreißen, Schutt wegräumen, Kohlestücke von Eisenbahnwaggons zu Lastwagen schleppen – das waren monatelang die Aufgaben, die man den in einem kleinen Lager auf engstem Raum lebenden Frauen tagsüber und oft bis in die späte Nacht hinein zumutete. In solchen Situationen, die selbst Menschen in Hoffnungslosigkeit und Verzweiflung zu treiben vermögen, denen von Natur her ein gesundes Selbstvertrauen und ein heilbringender Optimismus mitgegeben sind, kann oft nur der Gedanke lebenserhaltend sein, das Schicksal könne einem nun kaum noch schlimmer mitspielen, und jede Veränderung zum Positiven wird dankbar als Trendwende empfunden, die den Weg wieder aufwärts führen läßt.

Nur selten hatte es für Dora wie für die anderen Frauen Augenblicke gegeben, die als Erleichterung oder wenigstens doch als Anteilnahme hätten empfunden werden können. Manchmal war es ein aufmunterndes Handzeichen eines Wachsoldaten, ein freundlicher Blick, ein paar in gebrochenem Deutsch gemurmelte Worte des Zuspruchs, die halfen und trösteten. Und ganz selten fanden solche spontanen menschlichen Hinwendungen ihren Ausdruck in einem heimlich zugesteckten Stückchen Brot, das die spärliche Tagesration ergänzte, oder gar in ein paar Kandis-Zuckerkrümeln, was schon viel bedeutete: konnte man doch damit dem dünnen Tee wenigstens für kurze Zeit eine Geschmacksverbesserung zuteil werden lassen.

Kein Thema beschäftigte die Frauen mehr als die Frage,

wann sich für sie endlich das Tor in die Freiheit öffnen werde. Gerüchte von einer bevorstehenden Entlassung schwirrten schon nach wenigen Monaten des Zwangsaufenthalts herum, erwiesen sich im Nachhinein aber eben nur als Gerüchte. Im Versprechen waren die Russen groß, vor allem die Männer – und besonders dann, wenn sie sich im Zustand extremer Alkoholisierung befanden. Nur noch diesen Monat Rabota, hieß es, dann dürft ihr fort. Und wenn diese Zeit vorüber war und die Enttäuschung groß, daß nichts derlei geschah, wurde ein neuer Entlassungstermin in Aussicht gestellt. So ging es Woche für Woche, Monat um Monat, ein Jahr, zwei Jahre lang, bis dann eines Tages, und zwar urplötzlich, das Ende der Zwangsarbeit gekommen war. Der Befehl zum Packen – in der Regel waren es nur wenige Habseligkeiten – platzte mitten in den Arbeitsalltag hinein, und ebenso schnell kam der Verladebefehl. Am Bahnhof nahmen einige mit Altstroh ausgelegte Viehwagen die Frauen mitsamt ihren Pappkartons und Taschen aus Sackleinen auf, und ehe sie sich versahen, rollte der Transport gen Westen. Für einen Blick zurück blieb kaum noch Zeit, und wer hätte es den Erlösten verdenken können, daß ihnen nicht der Sinn danach stand, auf die Stätte ihrer Fron mit Wehmut zurückzuschauen, selbst wenn es sich wie in Doras Fall um das früher einmal sehr vertraute Heimatgebiet handelte!

Wie ein Alptraum lastete die Erinnerung an jene Zeit auf den meisten derer, denen als Folge böser Zeitgeschichte wichtige Lebensjahre genommen worden waren, und wer dazu in der Lage war, versuchte das Gewesene soweit wie möglich aus dem Bewußtsein zu verdrängen. Trafen sich ehemalige Lagerkameradinnen, so waren sie meist von der Hoffnung auf eine bessere Zukunft erfüllt und hatten sich viel mitzuteilen. Über das gemeinsam durchlebte Leid aber schwieg man einvernehmlich.

Auch mit anderen über das Vergangene zu reden vermied man tunlichst, sei es, weil man bei sich kaum vernarbte Wunden aufzureißen fürchtete, oder sei es, daß man zu der Einsicht gelangt war, niemand könne letztlich die

Situation der Geschundenen begreifen, der nicht wenigstens einmal in seinem Leben etwas Derartiges mitgemacht hatte.

So erfuhr ich damals, als ich Dora nach so vielen Jahren wiedersah, nicht viel von ihr selbst über ihr Schicksal. Bei allem, was ihre Erlebnisse während der Zeit der Zwangsarbeit betraf, zeigte sie sich auffallend wortkarg. Als ich im Laufe unseres Gesprächs – zu unbesonnen, wie mir im Nachhinein schien, – sie bedrängte, mir doch Einzelheiten aus ihrem damaligen Leben zu berichten, wehrte sie mein Ansinnen mit dem Hinweis ab, es habe wahrscheinlich schlimmere Schicksale als das ihre und das ihrer Leidensgefährtinnen gegeben, und zwar schon in einer Zeit, die wir als Kinder und Jugendliche wohlbehütet durchlebt oder zumindest als einen relativ gefahrlosen Zeitabschnitt empfunden hatten, wenngleich sich damals die ersten düsteren Wolken der weltgeschichtlichen Entwicklung bereits deutlich sichtbar am ansonsten so hellen Himmel unserer Heimat abzuheben begannen. Ich wußte nicht, worauf diese Äußerung zielte, und war geneigt, Doras Entgegnung als einen nicht recht überzeugenden Versuch anzusehen, von ihrem eigenen Schicksal abzulenken. Deshalb fragte ich geradeheraus, was sie denn mit ihrer Andeutung meine. Sie schwieg länger als in solchen Situationen üblich, so als müsse sie zunächst für sich abwägen, ob meine Frage zu sehr in den Bereich persönlicher Diskretion hineinreiche und daher mit einer allgemeinen Floskel abgetan werden könne oder ob sie mir, weil ich vielleicht mehr als ein oberflächliches Interesse an der Sache hätte, Rede und Antwort stehen solle. Als sie endlich ihr Schweigen brach, merkte ich bald, daß es ihr schwerfiel, mir klarzumachen, worin die Besonderheit jenes Schicksals lag, das sie offenbar von Anfang an im Sinn gehabt hatte. Zwar kannte sie die dazugehörigen Vorgänge selbst nur vom Hörensagen, aber sie schien von ihnen so heftig und nachhaltig beeindruckt worden zu sein, daß sie selbst nach so langer Zeit nur zögernd darüber zu sprechen vermochte. Aber ich erfuhr dann eine Geschichte, die in ihrem Verlaufe trotz mancher Rätsel und einiger Unwägbarkeiten tiefe menschliche Gefühle offenbar werden ließ und wahrscheinlich an schlimmes Unrecht und tiefes Leid rührte.

Es war, so begann Dora ihren Bericht, zwischen den Weihnachtsfeiertagen des Kriegswinters 1942/43. Wir erlebten damals das Fest, wie es scheinen mochte, warm und geborgen ohne einen spürbaren Mangel. Aber draußen, noch ziemlich weit entfernt von den Grenzen unseres Kreisgebietes, tobten im Osten währenddessen an den Fronten mörderische Schlachten, und fast regelmäßig tauchte in den Rundfunknachrichten und in den Kampfberichten der Name Stalingrad auf. So war es letztlich kein frohes Fest, das wir begehen konnten, kein Fest des Friedens und der Verheißung. Alle bangten um Sieg und Niederlage, und die zahlreichen Todesnachrichten, die Namenlisten der Gefallenen in den langen Spalten unseres Tageblattes waren deprimierend genug. Viele Familien trauerten bereits um den Vater, den Ehemann, den Sohn, den Bruder, der nie mehr heimkehren würde, und manches junge Mädchen schloß sich tagelang weinend und ohne Trost in einem dunklen Zimmer ein, weil der Freund, der Verlobte Opfer des erbarmungslosen Kampfes geworden und damit der wichtigste hoffnungsfrohe Zukunftsplan jäh zerstört worden war.

In jenen Tagen nahm ich, so fuhr Dora fort, an einem Treffen teil, zu dem Freunde eingeladen hatten. Unter den Gästen befand sich auch ein Heimaturlauber, Ingo K., der schnell in den Mittelpunkt der abendlichen Runde geriet, weil jeder der Anwesenden davon ausging, daß er, der erst vor wenigen Tagen von der Ostfront zurückgekommen war, als zuverlässiger Berichterstatter über die dortigen Verhältnisse gelten konnte. Und in der Tat – die Erwartungen, die man in ihn setzte, enttäuschte er nicht. Ausführlich berichtete er über Geschehnisse im Frontgebiet, hielt auch nicht mit kritischen Bemerkungen zurück, da er sich im Kreis von gleichgesinnten Menschen wußte, und ließ zudem durchblicken, daß nach seiner Einschätzung der Krieg für uns Deutsche in eine sehr schwierige, wenn nicht schon aussichtslose Phase eingetreten sei, aus der nur noch ein Wunder herausführen könne.

Die sich in den verschiedenen Frontabschnitten überstürzenden Ereignisse ließen den Soldaten oft keine Ruhepause, keine Zeit, mit sich und mit den Geschehnissen ins reine zu kommen. Manche Vorgänge, über die man daheim in Muße nachgedacht hätte oder denen man nachgegangen wäre, blieben „unverarbeitet" und ungeklärt. Und wenn man nach Tagen oder Wochen sich ihrer erinnere, gebe es oft keine Möglichkeit, den Dingen noch auf die Spur zu kommen. Auch er habe einmal in einer solchen Situation gestanden, und wenn er die Anwesenden nicht damit langweile, sei er bereit, davon zu berichten, zumal die Spuren in unseren Heimatort zurückführten.

Schon abgesehen davon, daß niemand einem Heimaturlauber aus der gebotenen Freundlichkeit ein solches Angebot ausgeschlagen hätte, waren seine Andeutungen ganz dazu angetan, uns Zuhörer neugierig zu machen, und so bat man ihn von allen Seiten lebhaft, doch weiterzuerzählen.

Der Anfang der Episode, die er mitzuteilen hatte, lag in den ersten Dezembertagen des Kriegswinters 1941 tief in Rußland. Es ging um die Schlacht vor Moskau. Vorauseilende Panzerspitzen und Truppen der deutschen Wehrmacht sollten die wichtigste aller Städte des Riesenreiches, eben die Hauptstadt und damit den zentralen Kern des feindlichen Widerstands, einnehmen. Die Verteidiger rangen erbittert um jeden Zoll ihrer Erde, und der sich steigernde Frost tat das übrige, den Angreifern den Weg zu ihrem Ziel so schwer wie möglich zu machen. Beides zusammen zeigte Wirkung, der Vormarsch geriet ins Stocken, kam zum Stehen, und schließlich waren die vormals Angreifenden diejenigen, die bei ihren Rückzugsgefechten arg in Bedrängnis gerieten.

Während dieser Truppenbewegungen ergab es sich, daß Ingo K., der als Oberleutnant einer Nachrichteneinheit in Kompaniestärke vorstand, mit einigen seiner Leute in einen Ort gut hundert Kilometer von Moskau entfernt geriet, an dessen Namen er sich später trotz intensiven Nachdenkens nicht mehr erinnern konnte. Es war eine typisch russische Kleinstadt, in der die Zeit angehalten worden zu sein schien. Niedrige Häuser, viele davon noch in reiner Holzbauweise, säumten die wenigen mit grobem Steinpflaster befestigten Straßen, und nur die kleine kuppelgekrönte orthodoxe Kirche, der man es äußerlich nicht ansah, ob sie in den letzten Jahren überhaupt noch als Gotteshaus gedient hatte, hob sich über die regellose Ansammlung von Blech- oder Schindeldächern heraus. Die Stadt schien von ihren Bewohnern so gut wie verlassen zu sein. Jedenfalls zeigte sich niemand in den Straßen. Nur einige wenige verstört wirkende Hühner liefen zwischen den Lastwagen und Krafträdern der einrückenden Deutschen herum. Zu einer langen Rast blieb keine Zeit, denn der Feind setzte unvermindert nach. Viele Landser suchten sich in den nächstgelegenen Häusern, deren Türen sie meistens noch nicht einmal gewaltsam öffnen mußten, eine Lagerstätte für eine kurze Ruhepause oder stöberten in den Vorratsräumen nach etwas Eßbarem herum. Andere blieben bei den Fahrzeugen, bereiteten das Nötigste für die Weiterfahrt vor oder sicherten das Gelände.

Ingo K. war in der Nähe des kleinen Marktplatzes in ein Haus getreten, dessen kunstvolles Türschild ihm irgendwie in den Blick geraten war. Da er die kyrillische Schrift nicht sonderlich gut beherrschte und zudem nur eine kurze Rast im Hause zu halten gedachte, hielt er es nicht für der Mühe wert, sich eingehend mit dem Namen des Bewohners zu befassen. Die Ausstattung der Wohnung, in die er von dem kleinen, dunklen Flur trat, kam ihm allerdings anders vor, als man es vom Innenleben russischer Häuser gewohnt war. Aber er gab sich keine Rechenschaft darüber, warum er das so empfand. Später, als er Veranlassung hatte, darüber nachzudenken, redete er sich ein, sein ihm in Sachen Wohnkultur angeborener Instinkt hätte ihm damals signalisiert, das Anderssein der Wohnung habe in einer fast mitteleuropäisch anmutenden Anordnung oder Aufstellung der Möbel bestanden. Hier vor Ort jedoch

blieb keine Zeit für derartige Überlegungen. Erschöpft
von den zurückliegenden Strapazen, warf er sich auf das
Sofa, welches er im Wohnzimmer vorfand, und war nach
wenigen Atemzügen fest eingeschlafen.

Kaum eine Viertelstunde mochte er in tiefem Schlaf gelegen haben, als draußen Motorenlärm aufdröhnte und
ihn zugleich die Stimme seines Adjutanten, der von der
Straße her laut nach ihm rief, aus dem Schlummer riß. Be-
nommen taumelte er empor, griff nach seinem Mantel, den
er als Schlafdecke benutzt hatte, und wollte aus dem Zimmer eilen, als sein Blick ein Bild streifte, das auf einem
kleinen Tisch neben dem Sofa aufgestellt war. In einem
dünnen Metallrahmen steckte eine Fotografie, die einen
jungen Mann zeigte, dessen Gesicht dem Betrachtenden
voll zugewandt war. Und merkwürdig – Ingo K. hatte das
Gefühl, als ob ihm dieses Gesicht von irgendwoher bekannt war. Irgendwann mußte er diesem Menschen bereits einmal begegnet sein. Er stutzte, blieb stehen, um zu
überlegen. Aber im gleichen Augenblick drang wieder die
zur Eile mahnende Stimme des Adjutanten ins Zimmer:
Der Aufbruch sei dringend geboten, da feindliche Einheiten sich bis auf einen Kilometer an den Ort herangearbei-
tet hätten. Ingo K. griff nach dem Bild, entfernte im Her-

auslaufen den Rahmen und steckte das Foto zu anderen Papieren in seine Tasche. Draußen empfing ihn bereits der erste Gefechtslärm. Sofort hatte ihn das Kriegsgeschehen wieder fest im Griff, und das Bild in der Tasche war schnell vergessen.

Die Rückzugskämpfe dauerten zwei oder drei Wochen. Als die Front endlich für eine Zeitlang zum Stehen gekommen war, weil „Väterchen Frost" – wie die deutschen Soldaten in ironischer Verkehrung den harten Winter nannten – selbst den für solche niedrigen Temperaturen besser ausgerüsteten Russen schwer zu schaffen machte, als also der Krieg im Osten eine Verschnaufpause einlegte, hatten die Landser endlich wieder Gelegenheit, etwas mehr an sich selbst zu denken. Mit Decken verhängte Unterstände schützten einigermaßen vor der schneidenden Kälte, die Verpflegung wurde regelmäßig zugeteilt, die ersten Feldpostbriefe nach langer Pause trafen ein, und Blessuren, wie sie bei den herrschenden Verhältnissen unvermeidbar waren, konnten medizinisch geschultem Personal anvertraut werden. In den Stellungen und rückwärtigen Unterkünften hatten Sanitäter alle Hände voll zu tun, Blasen und leichtere Erfrierungen an Händen und Füßen der Soldaten zu behandeln, und wen der Frost schlimmer erwischt hatte oder wer noch einen kleinen Granatsplitter irgendwo unter der Haut oder tiefer im Fleisch trug, wurde ins nächste Feldlazarett geschafft.

Da auch einige Leute aus Ingo K's. Kompanie zur feldärztlichen Betreuung ein gutes Stück hinter die Frontlinie gebracht worden waren, faßte der Oberleutnant einige Tage später den Entschluß, sich von ihrem Ergehen ein eigenes Bild zu machen. Ein Kradfahrer brachte ihn zu der russischen Kleinstadt, in der man aus einer Schule ein passabel funktionierendes Lazarett gemacht hatte. Ein Klassenzimmer diente als OP-Raum, ein anderes als Ambulanz-Station. Die meisten Räume waren mit Notbetten und Liegen vollgestopft und hatten jene Soldaten aufzunehmen, die frisch operiert worden waren, auf ihre Verlegung in ein Heimatlazarett warteten oder auch nur ein paar

Tage Ruhe benötigten, um nach ihrer Genesung wieder zu ihren Einheiten zurückzukehren.

Ingo K. machte in Begleitung eines Unterarztes seine Runde durch die Räume. Er hatte bereits drei oder vier seiner Männer gefunden, ihnen Mut zugesprochen und gute Besserung gewünscht, als er beim Gang durch ein weiteres Krankenzimmer überrascht stehenblieb. Jener Militärarzt, der sich gerade über einen beinamputierten Landser beugte, war niemand anderes als ein guter Bekannter aus früheren Tagen, Dr. Ralf G., aber gleichzeitig kam dem Oberleutnant blitzartig zu Bewußtsein, daß ihm mit diesem Wiedersehen auch ein Schlüssel zum Geheimnis jenes Bildes gegeben war, das er sich vor mehreren Wochen in einem russischen Haus hastig eingesteckt hatte. Ein untrügliches Gefühl sagte ihm, daß jenes Foto eben diesen Bekannten in jungen Jahren darstellte. Die Frage blieb nur, wie es auf jenen Tisch eines kleinen russischen Ortes unweit Moskaus gelangt war.

Ingo K. hatte gehört, daß Ralf G. irgendwo an der Rußlandfront seinen schweren Dienst als Militärarzt versah. Ihn hier in diesem Abschnitt wiederzufinden, das hatte er allerdings nicht erwartet. Ein freudiges Hallo bei diesem unvermuteten Wiedersehen, eine herzliche Umarmung, ein paar Worte über das Wo und Wie – mehr Zeit blieb dem Arzt im Augenblick nicht für den Besucher übrig. Aber man trennte sich mit dem Versprechen, sich so bald wie möglich und zu günstigerer Stunde erneut zu sehen.

So hatte Ingo K. Gelegenheit, in seinem Quartier das Foto, das er zwischen Landkarten und Marschpapieren hervorkramte, ein- ums anderemal zu betrachten. Je länger er darauf blickte, um so stärker schwand bei ihm der Zweifel, daß er sich geirrt haben könnte. Er sah nun seinem zweiten Besuch im Lazarett mit Spannung und mit der Hoffnung entgegen, dort eine Antwort auf seine Frage zu erhalten.

Als die beiden Männer einige Tage später sich abends beim Schein einer Kerze in einem bescheiden eingerichteten Zimmer nahe des Lazaretts gegenübersaßen, genüßlich den heißen Grog schlürften, den ihnen ein Sanitätsgefreiter – zugleich der Bursche des Arztes – hereingereicht hatte, eine Weile über dieses und jenes geplaudert und Erfahrungen ausgetauscht hatten, hielt Ingo K. den Zeitpunkt für gekommen, die seltsame Geschichte mit dem Bild zur Sprache zu bringen. Er zog das Foto aus der Tasche, legte es so unter die Kerze, daß sein Gegenüber es gut sehen konnte, und wartete wortlos dessen Reaktion ab. Der Arzt blickte auf das Bild. Während er es betrachtete, lief ein Erstaunen über sein Gesicht. Ebenso wortlos und fragend sah er seinem Gast in die Augen, so als ob er nicht verstehe, warum jener ein Jugendbildnis von ihm mit sich durch den Krieg trage.

Als Ingo K. die näheren Umstände schilderte, die dazu geführt hatten, ihn in den Besitz des Bildes zu bringen, blieb der Arzt zunächst schweigend sitzen. Dann erhob er sich und ging unruhig im Zimmer auf und ab. Schließlich stellte er sich ans Fenster, mit dem Rücken seinem Gast zugewandt, und begann, als dieser geendet hatte, zu sprechen, wobei er durch die trüben Scheiben in das Dunkel vor dem Haus zu spähen schien. Er erinnerte sich, daß die Aufnahme kurz vor dem Abitur in der Heimatstadt entstanden sei, daß alle Schüler seiner Klasse sich zunächst zu einem Gruppenbild aufgestellt hätten und danach Einzelaufnahmen gemacht worden seien. Er wisse nicht zu sagen, ob daheim noch ein solches Bild existiere. Aber die Gruppenaufnahme, dessen sei er sich gewiß, gebe es im Hause seiner Eltern noch.

Dann drehte er sich um, kehrte an den Tisch zurück, nahm die Fotografie behutsam hoch und blickte lange auf sein Jugendbildnis. So saß er darauf da: in der für die damalige Zeit typischen Jungenkleidung, mit offenem Hemdkragen und in kurzen Hosen, die Arme auf die Knie gestreckt und – „bitte recht freundlich" – in die Kamera blickend.

Seltsam – wer mochte sich in den Besitz des Bildes, das er nun in der Hand hielt, gebracht und es dann nach Rußland entführt haben? Es mußte jemand gewesen sein, der ein besonderes Interesse an ihm gehabt hatte, wie die liebevolle Aufstellung in jenem russischen Zimmer bewies. Was mochte dieser Wertschätzung zugrunde gelegen haben? Eine Jugendfreundschaft, eine heimliche Zuneigung, eine nie offenbarte Liebe?

Beide Männer versuchten sich vorzustellen, welche Gefühle jenen Menschen überkommen haben könnten, als er nach seiner Rückkehr in sein Haus, in dem sich nur für kurze Zeit deutsche Soldaten aufgehalten hatten, gerade die Fotografie vermißte, die er etwa ein Jahrzehnt sein eigen genannt und die er so sorgsam gehütet hatte. Dieser Jemand mußte, soviel stand fest, eine Beziehung zu ihrem gemeinsamen Heimatort gehabt haben. Und so gingen die beiden die Reihe der Mitschüler, der Jugendbekanntschaften durch und überlegten dabei, wem man ein Motiv für die Inbesitznahme des Bildes hätte zuweisen können. Aber zu einem greifbaren Ergebnis kamen sie dabei nicht. Und jedes Bemühen, darin waren sie sich einig, noch einmal die kleine russische Stadt zu betreten und das geheimnisvolle Haus aufzusuchen, jeder Versuch, auf diese Weise das Rätsel zu lösen, mußte von vornherein aussichtslos sein. Nach

Lage des Krieges führte kein Weg mehr für die Deutschen dorthin zurück.

Während sie so saßen und nachdachten, stieg dem Arzt aus der Weite der Erinnerung an die Vergangenheit eine vage Vermutung auf, gewann zögernd Gestalt und verdichtete sich zu schemenhafter Form. Hatte nicht, so fiel ihm ein, lange vor dem Krieg in der Nähe seines Elternhauses eine Familie mit zwei heranwachsenden Kindern gelebt, einem Jungen seines Alters und einem Mädchen, das ein gutes Jahr jünger gewesen sein mochte. Zu näherer Bekanntschaft war es zwischen ihnen nicht gekommen, weil jene Familie sehr zurückgezogen lebte. Er erinnerte sich, daß das Mädchen auffallend blaß war und schüchtern lächelte, wenn er ihm begegnet war. Mit dem Jungen, der David hieß, hatte er einige Male auf der Straße Fußball gespielt. Aber weiter reichten die Kontakte nicht. Eines Tages aber, als nach Hitlers „Machtergreifung" aus manchen Mitmenschen plötzlich unerwünschte Ausländer geworden waren, weil man sie als „nichtarisch" bezeichnete, war die Familie aus der Stadt verschwunden, und niemand vermochte zunächst zu sagen, wohin. Manche der damals Betroffenen hatten Deutschland den Rücken gekehrt, waren nach Amerika oder in andere Länder ausgewandert, wo sie sich vor Verfolgung sicher glaubten. Und einige wenige, so hieß es damals, habe das Schicksal sogar nach Rußland verschlagen. Von einer Nachbarin, zu der die Wolfssohns – so der Name jener Familie – wenige Jahre nach ihrem Fortgang in brieflichen Kontakt getreten waren, hatten seine Eltern erfahren, ihr Weg habe sie über mehrere europäische Länder nach Osten in die Nähe von Moskau geführt. War sein Foto auf jener Odyssee dabei? Schloß sich hier irgendwie der Kreis? Manches sprach dafür, aber letzte Gewißheit gab es nicht.

Soviel entwickelte sich jedoch aus dem Gedankenflechtwerk der Männer, die irgendwo in der Weite Rußlands saßen und grübelten, zu fast greifbarer Substanz: daß jenes Bild, welches das Geheimnis seiner Wanderschaft nicht preisgab, eingebunden war in ein menschliches Schicksal, das offenbar leidend durchstanden wurde und hinter dem wahrscheinlich schlimmes Unrecht stand.

Dora war mit der Wiedergabe des Berichts bis zu dieser Stelle gelangt, und ich glaubte schon, daß sie zum Ende gekommen sei, als sie den Faden noch einmal aufgriff und bis in eigenes Erleben weiterführte. Sie habe, so fuhr sie fort, während der Jahre ihrer Gefangenschaft und Fron oft an jene Geschichte denken müssen und an das Schicksal, das sich dahinter verbarg. Hatte das Bild nicht wahrscheinlich seinen Besitzer über vieles hinweggetröstet müssen, was man ihm angetan hatte?

Sie wollte nicht verhehlen, daß sie in der Zeit der Entbehrung und der Bedrängnis ihr eigenes Geschick mit dem jenes unbekannten Menschen zu vergleichen und Trost dabei zu finden versucht habe. Und das letztere sei ihr manchmal sogar gelungen, weil ihr damals zum Bewußtsein gekommen sei, daß es einen Unterschied mache, ob sich die Not als Folge eigenen Mittuns bei einer ungerechten Sache ergebe, auch wenn man noch so arglos und gutgläubig gehandelt habe, oder ob das Leid jemanden treffe, der sich völlig schuldlos an seinem Schicksal wisse.

Dora schwieg, und ich begriff, daß ich nicht weiterfragen durfte. Niemals würde ich wohl solche Schicksale nachempfinden können – weder das ihre noch das jenes Menschenkindes im fernen Rußland.

Ein Abschied

Sie hieß Ilka, trug die Rute meist gestreckt, die Ohren gespitzt und wies auch in ihrem Gang, ihrer Haltung und nicht zuletzt in der dunkelbraunen Fellfärbung darauf hin, daß vorzugsweise Wolf und Schäferhund an der Mischung in ihr beteiligt waren. Die Hündin gehörte zum Hof der Wittmosers in Matthischken, und ihre Hauptaufgabe sah sie darin, Fuchs und Marder von Enten, Gänsen und Hühnern fernzuhalten und zuweilen auch einem über dem Hofraum kreisenden Habicht zu signalisieren, daß ihm ein Sturz auf das gefiederte Jungvolk vor der Scheune schlecht bekommen würde. Aber Ilkas Lebensraum war keinesfalls auf das von den Gebäuden eingegrenzte Viereck beschränkt. Anfangs zwar hatte es eine Kette neben dem Einschlupfloch der Hundehütte gegeben, an die das junge Tier gelegt wurde, als seine Kräfte so ungebändigt zu pulsen begonnen hatten, daß es jedem sich schnell fortbewegenden Lebewesen oder Fahrzeug hinterhergeschossen war. Und auch dann, wenn Ilkas Läufigkeit alle Rüden der Umgebung anzulocken drohte, blieb ihr die Kette nicht erspart.

Im Laufe der Jahre aber hatten die Wittmosers ihr immer mehr Freiheit geschenkt, und so kam es, daß die Hündin schließlich, der Kette gänzlich entwöhnt, sich selbst die Grenzen ihres Bewegungsfreiraums setzen durfte. Wie es ihre Sprungkraft erlaubte, setzte sie über Zäune oder trabte neben einem rollenden Fuhrwerk vom Hof her, soweit sie ihre Pfoten zu tragen vermochten. Selbst der Zugang zum Wohnhaus und damit zum begehrten Liegeplatz unter dem Küchentisch stand Ilka offen, solange die Haustür nicht abgeschlossen oder verriegelt war, denn sie hatte mit der Zeit gelernt, sich davor auf die Hinterläufe zu stellen und mit einem kräftigen Schlag auf die Klinke sowie einem Stups mit der Nase die Tür so weit zu öffnen, daß sie sich durch den entstandenen Spalt in den Flur winden konnte. Die Gunst, sich nach Belieben im Haus einzufinden, hatten die Bauersleute um so bereitwilliger gewährt, seitdem das Tier durch einen Sprung ins Wasser und lautes Bellen verhindert hatte, daß der zweijährige Walter im Ententeich ertrank, in den er vom glitschigen Rand her beim Spielen hineingerutscht war.

Inzwischen aber waren die Wittmoser-Kinder herangewachsen und bedurften nicht mehr Ilkas fürsorglicher Obhut. Karl, der älteste der Jungen, hatte die Schule längst hinter sich gebracht, ging seinem Vater Albert regelmäßig bei der Hof- und Feldarbeit zur Hand und durfte sogar schon hin und wieder mit dessen altem Jagdgewehr auf den Schnepfenstrich hinter den großen, verschilften Angelteich gehen, wobei Ilka ihn begleitete, sich nach Art eines gelehrigen und gehorsamen Jagdhundes im Apportieren übte und dabei manchen erlegten Erpel, manche Schnepfe aus dem knietiefen Wasser holte. Gern wären Fritz und Walter, die jüngeren Brüder, mit von dieser erlebnisreichen Partie gewesen, aber Vater Wittmoser duldete keine Experimente, die den jungen Leuten eine Gefahr hätten bringen können. Manchmal erlaubte er ihnen jedoch, Karl kurz vor Sonnenaufgang zum Fuchsbau an der kleinen Sandgrube zu begleiten. Vorsichtig bewegten sich die drei dann – gegen den Wind anschleichend – bis an den Rand der Grube vor, um das tollpatschige Spiel der Jungfüchse vor dem Röhreneingang zu beobachten. Bei solchen Unternehmungen hatte das Gewehr daheim zu bleiben, und auch Ilka wurde davon ausgeschlossen, denn ihr Jagdinstinkt hätte sie aller Wahrscheinlichkeit nach vorpreschen und der Tieridylle ein schnelles Ende bereiten lassen. Wenn die Hündin merkte, daß die Jungen im Frühnebel zu ihrem Beobachtungszug aufbrachen, sie aber hinter die verriegelte Tür gesetzt wurde, konnte sie langgezogene Klagelaute von sich geben, so als ob sie der Tierwelt ganzer Jammer anpacke, und diese traurige Klage ebbte erst ab, wenn die drei Jungen schon längst außer Hörweite waren.

Ilkas besondere Aufmerksamkeit galt allem, was sich drehte und zugleich groß war. Stundenlang konnte sie im Spätherbst, wenn es ans Dreschen ging und von morgens bis zum Einbruch der Dunkelheit in dem weit geöffneten Scheunentor die Dreschmaschine stand und ratterte, vor dem ihr riesig erscheinenden Antriebsrad sitzen, über das scheppernd der Keilriemen lief, und gebannt mit den Augen dem sich unentwegt drehenden Spiel folgen. Wenn Maria Wittmoser, die Bäuerin, nach Soginten radelte, um auf den Gräbern der Großeltern das Unkraut zu jäten oder einen Sommerstrauß aus dem Garten in die Metallvase zu stecken, begleitete sie Ilka voller Freude, weil sie dann bei der nahe am Friedhof gelegenen Windmühle sich unter den dicht über ihren Kopf dahinsausenden Flügeln lagern und den Wind in ihren aufrecht gestellten Ohren pfeifen hören konnte. Zwischen Müllermeister Konrad und Ilka hatte sich daraus so etwas wie ein Freundschaftsverhältnis ergeben. Die Hündin genoß das Sausen der Holzflügel, und der Müller hatte seine Freude an ihrem eigenartigen Gebaren, das man bei Tieren ihrer Spezies eher selten als häufig antraf, und es war sogar vorgekommen, daß er das Mahlwerk in Tätigkeit setzte, nur um sie nicht zu enttäuschen, obwohl er eigentlich einer anderen Beschäftigung hatte nachgehen wollen.

Noch größere Beachtung fand bei Ilka das riesige Wasserrad der Mühle in Swainen, die am Weg nach Mitzkaweitschen lag, wohin die Wittmosers drei- bis viermal im Jahr fuhren, um bei Geburtstagen und ähnlichen Anlässen Bruder, Schwägerin und deren Kinder zu besuchen. Die Hündin lief dann voraus, legte sich vor das dunkle, kreisrunde Ungeheuer, über das sich sprudelnd und spritzend Wasserkaskaden ergossen, und löste sich erst von dem faszinierenden Schauspiel, wenn der Wagen mit den Wittmosers schon längst die Furt in der Pissa unterhalb der Mühle gequert hatte und bereits den langsam ansteigenden Weg auf dem östlichen Ufer des Flusses emporrollte. Mit einem gewaltigen Satz schnellte Ilka dann ins kühle Naß, strampelte vehement gegen die selbst bei Niedrigwasser immer noch kräftige Strömung an, sprang auf der anderen Seite triefend aus dem Flußbett, schüttelte mehrfach dicke Tropfen aus dem glänzenden Fell und eilte hinter dem Fuhrwerk her. Wenn sie dann den Anschluß wieder gefunden hatte, liefen ihr meist nur noch kleine Rinnsale aus den

Lefzen, und bald darauf hatte sie durch ein paar Spurts vor dem Wagen und zurück sich so in Hitze gebracht, daß kaum noch eine Spur von Feuchtigkeit an ihr festzustellen gewesen wäre.

Ilkas große Zeit kam, als Truppen im grenznahen Gebiet zusammengezogen wurden, um den Angriff über die Linie nördlich des Wystiter Sees nach Rußland vorzutragen, wozu der litauische Landstreifen nach Osten hin inzwischen gehörte. Nie zuvor hatte es so viele kleine und große rollende Räder in Ilkas Umgebung gegeben, die ihre Aufmerksamkeit auf sich zogen, und da sie in ihrer Ahnungslosigkeit keinen Unterschied zwischen Harmlosem und Gefährlichem zu machen verstand, fanden die Räder der Gulaschkanone das gleiche Interesse wie die der gepanzerten Fahrzeuge. Viele Soldaten hatten Ilka schnell in ihr Herz geschlossen, deren Nase sicher erschnupperte, wo es einen besonderen Happen zu erhoffen gab. Schon früh am Morgen fand sie sich vor dem Mannschaftsquartier in der Wittmoserschen Scheune ein, um dort beim Frühstück der Soldaten nach den ihr bereitwillig überlassenen Wurstecken zu schnappen. Oft setzte sie sich neben einen Landser, der gerade ein Paket Knäckebrot öffnete, blickte ihn heischend mit ihren graubraunen Augen an und wartete darauf, daß ihre Geduld und Beharrlichkeit mit einer Ecke des knackigen Gebäcks belohnt wurde, für das sie, die bis dahin nur Graubrot oder Fladen gekannt hatte, im Laufe der Einquartierung eine auffällige Vorliebe entwickelte. An das blaßweiße Drillichzeug und die grauen Soldatenröcke hatte Ilka sich schnell gewöhnt, zumal Karl, der vor etlichen Monaten gemustert und eingezogen worden war, nach seiner Grundausbildung bei der Infanterie während eines dreiwöchigen Heimaturlaubs häufig seine Uniform stolz zur Schau gestellt und die Hündin dabei oft als Begleiterin an seiner Seite gehabt hatte. Aber bei aller Uniformiertheit seiner Umgebung wußte das Tier doch genau zu unterscheiden, von welchem der Grauröcke es sich einen Leckerbissen erhoffen durfte und wer es nur als einen lästigen Köter ansah, den man besser keines Blickes würdigte.

Das ging so über einige Wochen hin. Eines hellen Junitages aber hatte sich das klirrende Gerät mit großer Betriebsamkeit in Bewegung gesetzt, war schnell davongezogen, und nur noch wenige Stunden lang kündete dumpfes Grollen aus Richtung der Grenze davon, daß die großen Maschinen anderen Zwecken dienten als nur der Fortbewegung. Zwei oder drei Tage lang rollten noch Nachschubkolonnen am Dorf vorbei – für Ilka wiederum ein Grund, sich am Straßenrand neben den Bänken für die Milchkannen zu postieren, um der Schuljugend und einigen Frauen zuzuschauen, die von dort aus Becher mit kalten Getränken den vorbeiziehenden Männern in die verschwitzten Hände drückten oder auch schon mal Wassereimer unter die Schnauzen der Pferde schoben, denen die Anstrengung des Ziehens der schweren Bagagewagen den Schweiß an den Flanken herunterlaufen ließ.

Aber dann war auch das wie ein unwirklicher Spuk verflogen, und das Dorfleben in Matthischken begann sich wieder zu normalisieren – oder es hatte zumindest den Anschein, als würde der Krieg und hier besonders der „Feldzug im Osten", wie man den Vorstoß nach Rußland in völliger Verkennung der bitteren Folgen damals noch euphorisch nannte, an den Familien des Dorfes ohne greifbare Verluste vorübergehen. Die wehrfähigen Männer waren zwar fast alle an irgendwelchen Kriegszügen in Europa beteiligt gewesen, und einen Sohn der Kallweits, ein Nachbarskind der Wittmosers, hatte das martialische Unternehmen gar mit Rommels Soldaten bis nach Nordafrika verschlagen, aber Gefallene oder auch nur schwere Blessuren hatten die Einwohner Matthischkens nicht zu beklagen gehabt. Als jedoch schon vier Wochen nach Beginn des Sturms gen Osten die Nachricht eintraf, Karl, dem ältesten Sohn der Wittmosers, habe ein Granatsplitter den rechten Arm abgerissen, und man könne von Glück sagen, daß ihm Kameraden helfend beigesprungen seien und den Schwerverletzten schleunigst ins nächste Feldlazarett gebracht hätten, wo dank schnellen medizinischen Eingriffs sein Leben habe gerettet werden können, da überkam viele im

Dorf die böse Ahnung, daß dieses vielleicht als das erste Zeichen einer schlimmen Heimsuchung angesehen werden müsse.

Ilka war es, die dem nach vielen Monaten aus dem Genesungslazarett von Leitmeritz heimkehrenden Karl als erstes lebendiges Wesen aus seinem Heimatdorf begegnete. Zwar hatte er den Termin seiner Heimkehr auf einer Postkarte seinen Eltern und jüngeren Brüdern anzukündigen versucht, aber da in jenen Zeiten postalische Sendungen zuweilen Irrwege liefen, für die es keine rationale Erklärung gab, war seine Nachricht erst eingetroffen, als er sich bereits einige Tage wieder auf dem Wittmoserschen Hof befand. So kam es, daß ihn niemand am fünf Kilometer entfernten Bahnhof abgeholt hatte und er den Weg zum Dorf zu Fuß antreten mußte.

Kurz hinter dem Wäldchen an der Chaussee, von wo aus man freien Blick auf die Gehöfte hatte, bemerkte er Ilka auf einem Wiesengelände. Sie stromerte, wie es ihre Gewohnheit war, dort herum, hatte ihre Nase in mehrere Maulwurfshaufen gesteckt und jagte gerade hinter einem Wildkaninchen her, als sie des einarmigen Mannes ansichtig wurde, der, nur langsam vorwärtsschreitend, hin und wieder mit den Fingern die Gurte des schweren Rucksacks zu lockern versuchte, die ihm in die Schultern schnitten. Erkennen und auf ihn zueilen war eins. Voller Freude sprang das Tier immer wieder an dem jungen Mann hoch, der nur mit Mühe den wilden – wenn auch gutgemeinten – Ansturm mit dem ihm verbliebenen Arm in Grenzen zu halten vermochte. Erst als der größte Freudentaumel der Hündin vorüber war, ließ sie von ihrem Tun ab, und Karl konnte seinen Weg fortsetzen, wobei Ilka ihm zur Seite blieb. Ein gutes Stück vor dem Wittmoserschen Hof aber eilte sie voraus und gebärdete sich vor dem Küchenfenster wie toll, bellte laut und vollführte Luftsprünge, so daß Maria Wittmoser, Karls Mutter, durch das seltsame Treiben des Tieres verunsichert, aus dem Haus kam und – vielleicht in ahnungsvoller Erwartung und Freude – vor das Tor trat, wo sie ihren nun zwar arg versehrten, aber doch dem Leben zurückgegebenen Sohn unter Tränen in ihre Arme schließen konnte.

Seit jenem Tag hatte sich Ilka sozusagen zu Karls ständiger Begleiterin aufgeschwungen, sei es, daß sie spürte, wie sehr jener gelegentlicher Hilfe bedurfte, sei es, daß sie von jeher zu dem Ältesten der Wittmoser-Jungen tendierte, weil auch er seinerseits schon früh eine besondere Zuneigung zu dem Tier entwickelt hatte. Da das Schießen nun nicht mehr des Einarmigen Sache war, verlagerte sich das Apportieren Ilkas von geschossenen Wasservögeln weg zu nützlicheren Gegenständen. Sie schleppte ihrem Patron die Pantoffeln herbei, brachte ihm am Morgen die Zeitung, sobald der Briefträger die gefalteten Blätter zwischen die Staketen des Zaunes gesteckt hatte, oder sie holte ihm seine Tabakdose, wenn er sie irgendwo stehengelassen hatte und er die Hündin aufforderte, sie ihm herbeizuschaffen. Einmal trug Ilka ihm eine tote Elster ins Haus, die sie offenbar unter einem Gebüsch im Garten aufgestöbert hatte. Als sie wegen dieser unerwünschten Gabe gescholten wurde, kniff sie enttäuscht den Schwanz ein und transportierte den Fund wieder ins Freie, wiederholte aber derartige „Liebesbezeigungen" von da ab nicht mehr.

In einen Zwiespalt der Gefühle geriet Ilka nur dann, wenn sie zu wählen hatte zwischen ihrer Rolle als Karls Assistentin im Haus und der Möglichkeit, sich im Freien auszutoben, sobald Vater Wittmoser zur Feldbestellung hinauszog. Seine Arbeitskraft war dem Hof voll erhalten geblieben, weil er zu Beginn des Krieges schon in einem Alter stand, das für den Waffendienst nicht mehr taugte. Aber das Amt des Ortsvorstehers hatte man ihm aufgebürdet, seitdem der eigentliche Bürgermeister, Otto Kewersun, trotz anfänglicher Unabkömmlichkeits-Einstufung dennoch zu den Soldaten und an die Ostfront geholt worden war. Der schweigsame Albert Wittmoser tat sich schwer in seinem Amt wider Willen, zumal sich die Fälle häuften, in denen es die Aufgabe des Ortsvorstehers war, den Familienangehörigen mitzuteilen, daß der Vater, Sohn oder Bruder vermißt werde, oder gar die traurige Nachricht von einem Heldentod zu überbringen war. Der ältere Wittmoser hatte nie eine große Neigung zu scharfen Spirituosen gehabt. Aber wenn ihm ein solcher Gang bevorstand, griff er zu der Flasche Bärenfang in der Speisekammer und trank einen kräftigen Schluck daraus, damit ihm die tröstende Lüge von dem Granatsplitter „mitten ins Herz", die er auszusprechen hatte, überhaupt über die Lippen kam.

Da Karl nun nicht mehr für das Mähen mit der langen Sense oder das Lenken eines Pfluges taugte, überließ ihm sein Vater bereitwillig alle Amtsgeschäfte, soweit sie nicht unmittelbar an seine Person gebunden waren. Das Rechnen und Schreiben mit der linken Hand machte dem Jüngeren zwar anfangs noch einige Mühe, aber nach wenigen Monaten tat er sich damit überhaupt nicht mehr schwer und beherrschte den Federhalter und Bleistift sicher. Froh war Vater Wittmoser auch darüber, daß Karl ihm die Verteilung jener Frauen und Kinder auf die Häuser und Höfe des Dorfes abnahm, die als Berliner Bombengeschädigte eines Tages nach Matthischken gebracht wurden. Karl war im Umgang mit jenen „Großstadt-Schnauzen" – wie der ältere Wittmoser hinter vorgehaltener Hand die Neuankömmlinge nannte – geschickter als er, und da man dem Einarmigen sein Opfer für Heimat und Vaterland auf den ersten Blick ansah, blieben ihm auch Vorwürfe wie dieser erspart: Erst wenn man einen ordentlichen Beitrag zum Sieg geleistet habe, selbst wenn er nur im Verlust der Wohnung bestehe, könne man überhaupt mitreden; eine Einquartierung sei doch, gemessen an dem, was die Menschen in der Reichshauptstadt und anderen Großstädten mitgemacht hätten, nichts weiter als eine harmlose, geradezu lächerliche Unbequemlichkeit!

Ilka begleitete Karl auf seinen amtlichen Gängen durchs Dorf, lag bald zu seinen Füßen unter dem großen Holztisch, an dem er seine Schreibgeschäfte erledigte, bald auch zwischen den Füßen der übrigen Familienmitglieder während der Mahlzeiten, oder sie verschaffte ihrem Bewegungsdrang Luft, indem sie Bauer Wittmoser auf die Felder und Wiesen hinausbegleitete, wo jener – meist allein – pflügte und eggte, säte und mähte. Derartige Tätigkeiten boten der Hündin den Freiraum, den sie liebte: Das Herumstöbern im nahen Bruchgelände, die Suche nach anderen Tieren und die Beobachtung von allem sich Drehenden und sich Bewegenden, was sie nach wie vor faszinierte.

Und gerade hierzu fand das Tier seit einiger Zeit wieder mehr Gelegenheit. Wieder rollten Militärfahrzeuge über die Straßen bei Matthischken, nach Westen freilich statt nach Osten, und es waren nicht mehr jene frisch mit Tarnfarbe bemalten Wagen, die vor wenigen Jahren den Weg in die umgekehrte Richtung genommen hatten, sondern eher klapprige Gestelle, und häufig waren Sanitätsfahrzeuge darunter, deren ursprünglich strahlendes Weiß mit leuchtendem roten Kreuz darin vor bräunlichem Staub mit dunklen Dreckspritzern kaum noch auszumachen war. Auch mischten sich mehr und mehr andere Fahrzeuge in diesen Strom, seltsame Gebilde, wie sie nur die älteren Einwohner des Dorfes aus der Erinnerung kannten: Leiter- und Kastenwagen, vollgestopft mit Kisten, Kästen und Säcken, über die man große, selbstgewebte Decken gezogen oder einen Linoleumteppich gewölbt hatte, der mit Hilfe eines daruntergesetzten Gestells zu einer Art Schutzgehäuse geworden war, unter das sich die auf diesem Treck befindlichen Menschen bei Regen und Nebelnässe flüchten konnten.

Es seien Einwohner der Dörfer unmittelbar vor der Grenze, hieß es, die man wegen der herangerückten Front etwas weiter ins Hinterland zurückbeordert habe. Das ganze sei nur eine Vorsichtsmaßnahme, die bald wieder aufgehoben werden könne, denn die Lage an der Grenze habe sich bereits wieder stabilisiert, und die deutsche Wehrmacht stehe dort entschlossen und bereit, jeden Gegner, der es wagen sollte, seinen Fuß auf deutschen Boden zu setzen, todesmutig zurückzuweisen. Angesichts solcher Meldungen und im Hinblick auf den Ausgang des Russeneinfalls zu Beginn des ersten Weltkriegs war mancher in Matthischken bereit, auf die Standfestigkeit und Wehrkraft der eigenen Armee – obwohl sie durch die zermürbenden Kämpfe der letzten Monate stark geschwächt zu sein schien – zu bauen, und hoffte deshalb, daß ein solches Schicksal, wie man es nun vor Augen hatte, das Dorf nicht treffen werde.

Als jedoch wenige Tage später von der Kreisleitung der Befehl eintraf, jene Frauen und Kinder aus Berlin, die erst vor einem knappen Jahr einquartiert worden waren, sollten sich zum Abtransport bereithalten, was in diesem Falle einem Rücktransport gleichkam, und noch am selben Tag dumpfes Grollen vom Osten her einsetzte, was Ilka vielleicht wie ein fernes, heftiges Gewitter angemutet haben mochte, den Wittmosers aber und den meisten anderen Matthischkern die drohende Gefahr zu Bewußtsein brachte, da begann in den Häusern und auf den Höfen im Dorf das große Packen. Konservengläser mit dem Eingemachten wanderten in bereitgestellte Körbe, die Räucherkammern wurden geleert und Schinken sowie Würste in Leinentücher eingewickelt. Das eine oder andere Huhn ereilte auf dem Hauklotz ein vorzeitiges Ende, die Backöfen wurden schnell aufgeheizt, damit der Vorrat an Brot aufgestockt werden konnte, und natürlich war auch an die Zugpferde zu denken, die ohne eine tägliche Ration an Heu und Hafer bald ihren Dienst würden aufgeben müssen. Schließlich überlegte man noch, was an Mobiliar von Wert mitgenommen werden konnte. Als es ans Aufladen ging, zeigte sich schnell, daß viel zu viel bereitgestellt worden war, als daß die Wagen die Möbelgebirge hätten fassen können. So wanderte nur das Notwendigste zu der Verpflegung auf die Fahrzeuge, und manche Bäuerin mußte unter Tränen zusehen, wie ihre Lieblingskommode, ihr großer Zierspiegel – meist ein Stück aus ihrer früheren Aussteuer – oder die ererbte, alte Standuhr mit der Gravur auf dem Zifferblatt wieder zurück ins Haus geschleppt wurde.

Meist waren es aber die Frauen selbst, die diese Arbeit verrichteten, denn alle männlichen Gemeindemitglieder, soweit sie nicht noch Kinder, Kriegsinvaliden oder infolge ihres Alters gebrechlich waren, hatten den Befehl erhalten, sich vor dem Dorf zum Ausheben eines Panzergrabens einzufinden, von dem behauptet wurde, er würde im Ernstfall ein wichtiges Hindernis sein, feindlichen Fahrzeugen die Weiterfahrt versperren und den eigenen Truppen Schutz und Deckung bieten. Auch Albert Wittmoser und Sohn Fritz, inzwischen fünfzehn Jahre alt, hatten diesem Aufruf zum Schanzen folgen müssen, und so fiel Karl, seiner Mutter und dem dreizehnjährigen Walter die Aufgabe zu, alles Nötige für eine Flucht vorzubereiten. Ilka lief zwischen der Scheune, in welcher der Leiterwagen ausgerüstet wurde, und dem Haus hin und her, aus dem die Wittmosers ihre Vorräte an Lebensmitteln, Küchengeschirr, Kissen, Decken, Wäsche sowie Kleidung und sonstiges nützliches Gerät für unterwegs zum Verladen über den Hof trugen. Dabei kam es durchaus vor, daß die Hündin in ihrer Aufgeregtheit dem einen oder anderen vor die Füße geriet, einen unbeabsichtigten Tritt einstecken mußte und dann laut aufjaulte. Offenbar wußte sie diesem seltsamen Treiben keinen Sinn abzugewinnen, denn nach einiger Zeit trollte sie sich, lief aus dem Hoftor, querte einige Äcker und gelangte schließlich zu den Männern, von denen fast nur noch die Köpfe aus dem neuen Graben her-

ausragten. Dieses Sperrgebilde sollte nach Art von Schüt-
zengräben in einer Zickzacklinie von Norden nach Süden
über das hüglige Gelände angelegt werden, und so wühlten
sich die Schanzenden durch Stoppelfelder und frisch ge-
pflügte Äcker, Wiesen und Flächen, auf denen noch die
Kartoffeln und Rüben der Ernte entgegensahen, während
die ersten herbstlichen Nebelschwaden aus dem nahen
Bruchgelände, die sich über die Hänge gebreitet hatten, die
Oktobersonne wie einen milchig-weißen Ball erscheinen
ließen, der über der Rominter Heide zu schweben schien.
Ilka suchte sich dort einen Lagerplatz, von wo aus sie Vater
Wittmoser sehen konnte und doch nicht mehr von den
Erdbrocken erreicht wurde, die aus dem Graben nach einer Seite hinausgeschleudert wurden, meterweit davon
entfernt aufschlugen, zerplatzten und als kleinere Klum-
pen noch ein Stück weiterkullerten. So verharrte die Hündin mehrere Stunden, bis die beginnende Dämmerung die
Arbeit beendete und die Männer sich in die nahen Dörfer
der Umgebung zurückbegaben. Auch der Kanonendonner schien eingeschlafen zu sein, und als die beiden Wittmosers mit Ilka auf den Hof traten, kündete nur noch ein
rötlicher Schimmer am dunklen östlichen Horizont davon, daß dort der Brand und wohl auch der Tod am vergangenen Tag reiche Ernte gehalten hatten.

Die Nacht verlief ruhig, und da es kaum störende
Geräusche – wie in Tausenden von Nächten zuvor – gab,
war der Schlaf der meisten Menschen in Matthischken tief
und traumlos, zumal ein Tag mit harten Anstrengungen
vorausgegangen war. Zu den wenigen, die kaum Schlaf fanden, gehörte Maria Wittmoser. Sie hörte den kurzen Schrei
des Käuzchens, das in einem hohlen Ast der Kastanie hinter dem Pferdestall sein Nest gebaut hatte, und hin und
wieder drang helles Kettenklirren über den Hof an ihr
Ohr, wenn sich eine Kuh oder ein Pferd in den Boxen und
Buchten bewegte. Aber nicht diese Geräusche – Laute, die
im umhegten Bereich der bäuerlichen Welt und der dort
herrschenden Eintracht zwischen Mensch und Tier eine
Selbstverständlichkeit waren, – beschäftigten ihre Vorstel-

lungen. Es hatte sich ihr der Gedanke aufgedrängt, daß diese Nacht möglicherweise die letzte sei, die sie auf dem Hof in Matthischken verbringe. Ihr weiblicher Spürsinn ließ sie die Ahnung nicht loswerden, daß die Bitternis des Abschieds von all dem, was ihr Leben und das ihrer Familie in Jahren, Jahrzehnten an dieser Stelle des heimatlichen Raumes ausgemacht hatte, nun unwiderruflich bevorstehe.

Vorsichtig streckte sie die Hand zur Seite, bis ihre Finger das warme Fell Ilkas berührten, die für diese Nacht – und das war in den letzten Jahren nicht oft geschehen – ihr Lager neben ihrem Bett hatte einrichten dürfen. Behutsam glitten die Fingerkuppen über die seidige Fläche des Hunderückens, und das Tier fühlte sich offensichtlich dadurch nicht in seinem Schlaf beeinträchtigt, denn es atmete ruhig und gleichmäßig weiter, fast so, als wollte es seinen Herrn nachahmen, dessen Atemzüge zwar nicht leise, aber mit großem Gleichmaß die Stille im dunklen Raum zerteilten. Während Maria Wittmoser die Hündin streichelte, stellte sie sich die Frage, was aus all jenen Tieren werden würde, die man nicht auf eine Flucht, so sie unvermeidbar wäre, würde mitnehmen können. Die Pferde brauchte man für die zahlreichen Gespanne des Dorfes, denn auch jene Einwohner, die selbst keine Zugpferde besaßen, mußten ja versorgt werden. Die Fohlen würden ohne Widerstand den Stuten und damit den Wagen folgen, und für die Kühe, das wußte Maria Wittmoser, war auch in gewisser Weise gesorgt, denn sie würden von Leuten aus der Kreisbauernschaft in ganzen Herden westwärts getrieben. Aber all die anderen Tiere, und das waren der Zahl nach die meisten, was sollte aus ihnen werden? Diese Lebewesen würden, selbst wenn man sie frei auf den Höfen und Feldern herumlaufen ließe, in der bevorstehenden kalten Jahreszeit ohne ordentliche Fütterung nicht lange existieren können. Fast tröstlich schien der Bäuerin da der Gedanke, daß das Soldatenvolk – dieses wie jenes –, welches wohl bald die Gegend durchströmen würde, mit den meisten Tieren, wie das in Kriegen zu gehen pflegte, kurzen Prozeß machen und sie schlachten würde. Vielleicht streunten eines Tages nur noch ein paar verwilderte Hunde und halbverhungerte Katzen durch das von den Einwohnern verlassene Land ...? Die Vorstellung, auch Ilka könnte ein solches Schicksal treffen, ließ der Frau einen Schauder über den Rücken laufen. Nein, das Tier durfte dem nicht ausgesetzt werden! Wenn man schon auf die Flucht gehen müsse, dann sollte Ilka dabei sein. Ihr Entschluß stand fest, und sie war sich sicher, bei ihrem Mann und schon gar nicht bei den Söhnen einen ernsten Widerstand ihrem Vorsatz gegenüber zu finden.

Mit diesen und ähnlichen Gedanken sank Maria Wittmoser, von der Müdigkeit überwältigt, schließlich doch noch in den Schlaf. Dieser währte nicht lange, denn schon im Morgengrauen setzte wieder Kanonendonner ein, aber diesmal noch heftiger als am Vortage, und es blieb auch nicht bei dem allgemeinen dumpfen Grollen im Hintergrund, sondern die Matthischker meinten, nun schon einzelne Abschüsse und Einschläge unterscheiden zu können. Eile tat also not, und noch ehe der Kradmelder aus der Kreisstadt, die selbst schon unter Beschuß lag, mit dem Räumungsbefehl für das Dorf beim Ortsvorsteher Wittmoser eintraf und zugleich ihm und allen „tauglichen" Männern den Einberufungsbefehl zum Volkssturm überbrachte, waren die ersten Wagen schon an die Chaussee gerollt und versuchten dort, sich zwischen jene motorisierten Militärfahrzeuge zu schieben, die nun in größerer Zahl die Straße in Anspruch nahmen und den Pferdewagen das Fortkommen erheblich erschwerten.

Für ein Frühstück in Ruhe blieb auch den Wittmosers keine Zeit. Jeder griff, während er durch die Küche eilte, hastig nach einem dort bereitgelegten Butterbrot und einer Tasse Milch, und dann wandte er sich wieder der ihm bestimmten Aufgabe zu. Das Bettzeug mußte noch unter der Plane des Fluchtwagens verstaut werden, Walter brachte eilig die beiden Rappen zu Schneidermeister Reszat, der sich einen Kastenwagen der Wittmosers als Transportmittel für sein Hab und Gut und seine Familie ausgeliehen hatte, das Feuer im Küchenherd wurde gelöscht, und schließlich legten die Männer den beiden Füchsen das Geschirr auf und spannten sie an die Deichsel, die aus der Scheune herausragte. Vater Wittmoser, der sich mit Fritz und den anderen angehenden Volkssturmleuten im Nachbarort Soginten einfinden sollte, mußte seine Frau fast gewaltsam aus dem Haus treiben, wo sie immer noch damit beschäftigt war, Gegenstände in eine Leinentasche zu stecken, von denen sie meinte, daß man sie nicht würde missen können. So waren neben dem Sparbuch, der Heiratsurkunde, Tauf- und Konfirmationsblättern, Fotos der Familie auch das alte Kochbuch ihrer Großmutter und ein kleines gerahmtes Bild in die Tasche gelangt, hinter dessen fast blind gewordener Glasfläche Maria Wittmoser vor vielen Jahren, als ihre Buben noch klein waren, die ersten abgeschnittenen Locken der Blondschöpfe geklebt hatte. Einen letzten Blick warf sie in jeden Raum ihres Hauses, das so viele Jahre ihr Arbeitsplatz, ihre Heimstatt gewesen war. Dann ging sie ohne zu zögern zum Wagen, der inzwischen am Hoftor stand, und stieg zu Karl und Walter vorn auf das Kutschierbrett.

Ilka hatte, von einer morgendlichen Felder-Inspektion heimgekehrt, sich inzwischen auch am Hoftor eingefunden, saß nun neben dem Gespann, bereit, mit den Wittmosers eine Fahrt anzutreten, von der sie meinte, daß sie – gemäß der jahrelangen Erfahrung – bis zu irgendwelchen Dörfern der Umgebung gehen und am Abend wieder zurückführen würde. Als Karl, dessen linke Hand die Zügel hielt, mit einem kurzen Leinenschlag auf die Rücken der Pferde das Zeichen zum Anziehen gab und der schwere Wagen sich in Bewegung setzte, lief die Hündin sofort mit. Sie stutzte aber bereits nach hundert Metern, als sie merkte, daß der Bauer und Fritz am Tor stehengeblieben waren und keine Anstalten machten, dem Fahrzeug zu folgen, sondern ihm nur stumm nachblickten. Einige Schritte machte sie auf den Hof zu, verharrte wieder, blickte bald nach den beiden Männern, bald nach dem Wagen, auf dem sie den anderen Teil der Familie wußte, und wurde durch diesen Zwiespalt des Zugehörigkeitsgefühls in ihrem Willen fast gelähmt. Erst als Karl und Maria Wittmoser gleichzeitig energisch nach ihr riefen, wandte sie sich wieder der Straße zu und lief dem Fuhrwerk nach.

Als der Wagen am Wäldchen um die Ecke gebogen und damit den Blicken der beiden Zurückgebliebenen entzogen war, wirkte der Hof fast wie ausgestorben. Die beiden Männer hatten es gar nicht eilig, ihren Weg nach Soginten anzutreten. Noch einmal schritten sie durch die Stallungen, warfen hier noch etwas Kleie in die Schweinetröge, gossen Wasser nach, streuten dort dem Hühner-, Enten- und Gänsevolk reichlich Körner in die Futterecken, holten sich aus dem Haus noch die wärmenden Jacken und Mützen und machten sich dann erst auf den Weg zur Sammelstelle – nicht ohne die Hoffnung, am Abend wieder ins Haus zurückkehren zu können.

Auf dem Sammelplatz vor der Soginter Kirche hatten sich schon viele Männer der nächsten Dörfer – alte wie junge – eingefunden, erhielten von einem ergrauten Hauptmann Armbinden und Koppelzeug, Gegenstände, die sie von Zivilisten zu Angehörigen einer sozusagen militärischen Einrichtung machen sollten, nahmen Waffen in Empfang und hörten mit gesenkten Blicken den Instruktionen von zwei Unteroffizieren zu, die sie in den Gebrauch des Kriegsgeräts – alten Karabinern und Panzerfäusten – einführen sollten. Als Gefreitem des ersten Weltkriegs und als Jäger war Albert Wittmoser vieles geläufig, und als er und Fritz mit zwölf anderen Männern zu einem Trupp formiert wurden, der unmittelbar vor Matthischken die Frontlinie sichern helfen sollte, machte ihn der Hauptmann wegen seiner Erfahrung kurzerhand zum Zugführer und übergab ihm als sichtbares Zeichen dieses neuen Amtes zusätzlich eine Pistole, die er in einer Tasche am Koppel zu tragen hatte. Dann durften die Männer in ihre „Bereitstellungsräume" abrücken.

Noch während die Leute vom Trupp Wittmoser sich auf dem Weg nach Matthischken befanden, erstarb – wie am Tag zuvor – der Kriegslärm mit dem Beginn der Dunkelheit. Auch diesmal stand wieder ein gelblich-roter Schein breit über dem Land nach Osten hin, als wäre die Sonne in mörderischer Verkennung ihres vorherbestimmten Laufes am falschen Horizont untergegangen. Schweigend zogen die Männer in einer Reihe hintereinander auf ihre Stellung zu. Die meisten waren mit ihren Gedanken bei den Familien, die um diese Zeit schon bis Walterkehmen gekommen sein mußten und damit wohl der unmittelbaren Gefahr entronnen waren. Aber würde es bei diesem kurzen Treck bleiben? Könnten nicht schon die nächsten Tage darüber entscheiden, ob die Flucht noch weiter ins Innere des Landes fortgesetzt werden müßte? Albert Wittmoser war froh, seinen ältesten und jüngsten Sohn bei seiner Frau zu wissen. Aber Fritz, was war mit ihm? Konnte er es verantworten, den Jungen in das Räderwerk des Krieges geraten zu lassen? Er wußte zwar, daß Fritz in dieser Teilhabe am Kriegseinsatz eine Art Auszeichnung sah. Wurde er doch – und einige wenige seines Alters – erwachsenen Männern gleichgestellt und der heimatlichen Verteidigung für würdig befunden! Aber für den Bauern Wittmoser, dem die Schrecken des Krieges seit 1914 bekannt waren, bedeutete dieser Einsatz von Menschen, die noch halbe Kinder waren, eine Versündigung an der Jugend. Er selbst hatte sein Leben gelebt, war mit seiner Familie auf seinem Hof glücklich gewesen – trotz mancher Notzeiten mit Entbehrungen, die im harten bäuerlichen Leben unvermeidbar schienen. Aber im ganzen gesehen, so fiel ihm ein, mußte er seinem Schicksal dankbar für viele vergangene Jahre sein. Und wenn jetzt das Ende kommen sollte, so wollte er sich nicht dagegen auflehnen. Aber Fritz hatte sein Leben noch vor sich, er durfte nicht in das kriegerische Mahlwerk geraten. So weit es von ihm, dem Zugführer Wittmoser, abhing, wollte er alles versuchen, den Jungen aus dem Kampfgetümmel herauszuhalten.

Während er noch nach einer Möglichkeit sann, Fritz unter einem Vorwand zum Flüchtlingstreck der Matthischker weit hinter die Frontlinie zurückzuschicken, war er mit seinem Trupp am Panzergraben angekommen. Dort übernahmen vier Männer, zu denen er auch gehörte, die Wache – zumindest für die ersten Stunden. Die anderen sollten sich im Dorf zur Ruhe begeben. So kam es, daß Fritz im Dunkeln noch einmal heimkehrte. Im Haus suchte er sich etwas zu essen, holte sich drei Decken, rollte sich in ihnen ein und schlief nach kurzer Zeit fest und ruhig. Er mochte so etwa zwei Stunden gelegen haben, als er Geräusche wahrzunehmen vermeinte, die von der verriegelten Haustür herzukommen schienen. Er lauschte in die Nacht und glaubte schon, nur geträumt zu haben, weil sich eine Weile nichts tat, als plötzlich Kratzlaute einsetzten. Er wußte sofort, wer dort Einlaß begehrte. Nur Ilka machte so auf sich aufmerksam, wenn sie die Tür verschlossen fand und ins Haus wollte. Vorsichtig tastete er sich in der Dunkelheit durch den Flur und zog den Türriegel zurück. Mit einem kräftigen Stoß der Nase half das Tier von außen nach, und schon hatte es sich durch den Türspalt zu Fritz in den Flur gezwängt. Freudig leckte die Hündin die Hände, die sich ihr entgegenstreckten, und ließ es sich gern gefallen, daß Fritz ihr die Haarbüschel hinter den Ohren liebevoll kraulte. Dann folgte sie, deren Fell die Feuchtigkeit der Nacht aufgesogen zu haben schien, dem Jungen willig zu seinem Lager, rollte sich zusammen und schlief neben ihm ein.

Die Nacht blieb ruhig, und auch als der Morgennebel sich lichtete, hörte man aus Richtung der Front kein Schießen. Die Ruhe vor dem Sturm, dachte Albert Wittmoser, als wider Erwarten nicht zugleich mit dem neuen Licht die Kampfhandlungen einsetzten. In den Graben gekauert, hatte er etwas Schlaf zu finden versucht, aber wegen der Kälte war ihm das nur schwer gelungen. Nun hatte er das Bedürfnis, noch einmal auf seinem Hof nach dem Rechten zu sehen. Er meldete sich bei dem Feldwebel ab, der in der Nacht mit einem Zug von Infanteristen am Panzergraben eingetroffen war und dort das Kommando übernommen hatte, kletterte auf die Böschung und schritt querfeldein über den im Nebel dampfenden Boden seinem Gehöft zu. Er hatte erst einige hundert Meter zurückgelegt, als er auf der Chaussee einen Radfahrer herankommen sah, der ihm bekannt vorkam. Es dauerte nicht lange, und er war sicher, daß es Walter, der jüngste seiner Söhne, war. Er beschleunigte seine Schritte und fühlte eine Beklemmung in seiner Brust. Was hatte den Jungen veranlaßt, in das gefährdete Dorf zurückzukommen? Warum war er aus dem sicheren Abstand in das zum Frontgebiet gehörende Matthischken zurückgekehrt? Der Bauer war noch vor seinem Sohn am Hoftor, weil jenem die Kette abgesprungen war und er auf dem Landweg das Rad hatte schieben müssen. Noch völlig außer Atem berichtete Walter, daß Ilka seit dem letzten Abend vermißt werde, und weil sie auch nicht während der Nacht zum Treck zurückgefunden habe, sei er gegen den Willen der Mutter in aller Frühe den Fluchtweg zurückgefahren, um nach dem Tier Ausschau zu halten. Einen Augenblick lang überlegte der Bauer, ob er dem Jungen Vorhaltungen wegen seines Verhaltens machen sollte, aber dann fiel ihm ein, daß er in einer solchen Situation wohl selbst so gehandelt hätte. So schwieg er zu allem und erkundigte sich nur, in welchem Ort sich der Treck der Matthischker inzwischen befinde.

Vater und Sohn wollten gerade ins Haus treten, als ein kurzer Knall die Stille zerriß. Eine Granate mußte kurz vor dem Dorf detoniert sein, und es dauerte auch nur wenige Sekunden, bis ein zweiter Einschlag dem ersten folgte. Von da ab ging es Schlag auf Schlag. Die feindliche Artillerie hatte ihr Feuer offensichtlich vorverlegt, und der Kriegsteilnehmer Wittmoser wußte auch, was das zu bedeuten hatte. Eine Weile würde der Beschuß anhalten, und wenn die Geschütze wieder schwiegen, rückten die Fußtruppen vor, und man könnte dann noch von Glück sagen, wenn sie nicht von Panzern massiv unterstützt würden. Während er noch Walter hinter den dicken Stamm der Hofkastanie in Deckung zog und sich überlegte, was nun zu tun sei, stürzte Fritz mit der Hündin aus dem Haus. Der Junge hatte sich seine Mütze auf den Wuschelkopf gedrückt, hielt mit der einen Hand den Karabiner, den er für die Nacht mit ins Haus genommen hatte, und mit der anderen nestelte er an seinem Koppelschloß, um es in die richtige Lage zu bringen. Offenbar hatte er vor, schnell zum Panzergraben zu eilen, wo er seinen Vater bei den anderen Männern des Volkssturms vermutete. Er lief in Richtung Hoftor los, aber der Bauer trat ihm in den Weg. Er riß dem Jungen das Gewehr aus der Hand, warf es quer über den Hof, wo es hart auf das Kopfsteinpflaster aufschlug, weiterrutschte und in das dunkelgrüne Wasser des Ententeiches schlidderte. Dann zog er Fritz die Armbinde herunter, löste das Koppel samt Patronentasche und schleuderte alles dem Gewehr hinterher. Der Junge stand, über das Vorgehen des Vaters völlig verunsichert, wie angewurzelt da. Aber Albert Wittmoser ließ ihm und Walter keine Zeit zum Überlegen. Er schubste beide in Richtung Chaussee, rief ihnen zu, sie sollten sich hinwerfen, wenn das Pfeifen einer Granate zu hören sei, und rannte in gebückter Haltung, so gut er konnte, hinter den Jungen her. Ilka folgte den drei Wittmosers instinktiv und befand sich im Lauf bald in Höhe der Jüngeren, bald weiter hinten bei dem Alten.

Als alle an der Straße angekommen waren, die für die zurückweichenden Militärfahrzeuge die einzige Möglichkeit bot, dem feindlichen Sperrfeuer zu entkommen, stellte sich Vater Wittmoser mitten auf den Weg, breitete die Arme nach beiden Seiten aus und versuchte so, einen der heranratternden Lastwagen zum Halten zu bringen. Aber mehrere Fahrer hintereinander dachten nicht daran, seinem Zeichen zum Anhalten zu folgen. In wilder Fahrt hielten sie auf das Hindernis zu und hätten den Mann umgerissen, wenn er sich nicht mit einem Sprung zur Seite gerettet hätte. Ilka mißdeutete die vergeblichen Versuche Vater Wittmosers und sah in seinem Vorgehen eine Art Spiel, an dem sie sich zu beteiligen versuchte. Sie sprang auf die Straße und schnappte nach dem Reifen eines herankommenden Lastwagens. Dabei geriet sie vor einen Kotflügel, erhielt einen Stoß und wurde in den Straßengraben geschleudert. Der Fahrer bremste abrupt, und der Wagen kam zum Stehen. Der Bauer sprang an das geöffnete Fenster, aus dem ein unrasierter Landser gerade eine Schimpfkanonade auf ihn loslassen wollte, und erklärte ihm, er müsse zwei Jungen des Dorfes, die den Treck verpaßt hätten, aus der Gefahrenzone bringen. Noch ehe er eine Antwort erhielt, gab er seinen Söhnen ein Zeichen, hinten aufzuspringen, und kaum hatten die beiden sich auf der Ladefläche zwischen Konservendosen, Zeltbahnen und leeren Munitionskisten hingestreckt, als der Wagen auch schon wieder davonpreschte, während hinter ihm mehrere Einschläge dicke Erdbrocken in die Luft schleuderten. Noch einige Lastwagen folgten in wilder Fahrt, fuhren nach Westen davon – dann blieb die Chaussee leer.

Nachdem der letzte Wagen hinter einer fernen Baumgruppe verschwunden war, sah sich Albert Wittmoser nach der Hündin um. Ilka lag im Straßengraben und machte dort Versuche, sich zu erheben. Aber so sehr sie sich auch bemühte, so schaffte sie es doch nicht, mit den Hinterläufen den schlanken Leib hochzudrücken. Der Stoß des Autoblechs mußte ihr so sehr das Rückgrat verletzt haben, daß der Rücken wie gebrochen durchhing. Sie winselte zum Gotterbarmen, als der Bauer ihr aufzuhelfen versuchte, und schaute ihn aus halboffenen Augen unsicher an. Der alte Wittmoser begriff, daß seine Hilfe vergeblich war. Er stand auf, nahm die Pistole aus der Ledertasche, entsicherte sie und richtete den Lauf auf den Kopf der Hündin, als diese sich nach ihrem Rücken umschaute. Dann zog er den Finger am Abzug durch. Fast gleichzeitig mit dem Schuß sackte Ilkas Körper zusammen und rollte zur Seite. Mit ausgestreckten Läufen lag die Hündin regungslos da, während ein dünner Blutfaden ihr über die Stirn zu rinnen begann. Der Bauer trat an das verendete Tier heran, bückte sich und streichelte ein letztes Mal behutsam das Fell. Schlaf nur, du arme Kreatur, dachte er bei sich. Wenn ich diesen Tag überlebe, kehre ich zu dir zurück, trag dich zum Hof und schaufle dir ein Grab hinter den Kirschbäumen hinter dem Garten, wo du früher so oft den Schatten gesucht hast. Dort sollst du in Frieden auf uns warten, auf uns, die wir fortmüssen und doch alle gern heimkehren wollen . . .

Dann steckte er die Pistole wieder in die Tasche an seinem Koppel und ging in Richtung des Panzergrabens davon.

Der Stern von Bete-Lamm

Vielleicht sollte ich sie gar nicht zu Papier bringen, die Geschichte von Eva, der jüngsten Tochter des Bauern Gaudszuhn aus unserem Nachbarort Anderskehmen. Ich fürchte nämlich, daß heute ein Schicksal wie jenes, von dem ich zu berichten hätte, vielen Menschen als wenig zeitgemäß erscheinen müßte. Man könnte mir entgegenhalten, so etwas komme in unseren Tagen kaum noch vor, und folglich sei das Leben Evas ein Einzelfall, nicht beispielhaft und somit uninteressant. Aber Eva war so anders, als man es aufgrund der schlechten Startbedingungen ihres Lebens hätte erwarten können, daß ihr Verhalten wohl auch heute noch als etwas Besonderes gelten könnte.

Das Eigenartige an Eva war, daß sie anderen Freude, ja sogar Trost zu geben vermochte, obwohl sie beides eher von eben jenen anderen hätte erwarten dürfen. Freund Adebar hatte sie zur Unzeit aus dem Poggenteich entführt und in einem Zustand in die Wiege gelegt, daß sie eigentlich ihr Leben lang nicht über ihre Existenz hätte froh werden können. Aber sie war kein unglücklicher Mensch, oder sie wirkte auf andere zumindest nicht so, denn meistens lächelte sie still vor sich hin, als gäbe es auf dieser Welt nichts, was einen zum Heulen bringen könnte, und sie lächelte in späteren Jahren meist auch dann, wenn das Schicksal ihr so übel mitspielte, daß mancher darüber längst verzweifelt gewesen wäre und sich vielleicht sogar eiligst von dieser Erde verabschiedet hätte.

Ich weiß nicht, ob ich es einen Mangel an Einsicht in ihre bedauernswerte Lage nennen soll, der sie bei allem, was sie hart traf, so unbeteiligt-heiter erscheinen ließ, oder ob ich eher darin einen versöhnlichen Akt der Gnade gerade ihres harten Schicksals sehen darf, daß ihr die Fähigkeit vorenthalten wurde, zu begreifen, wie sehr sie anderen gegenüber benachteiligt war. Vielleicht hing ihr Anderssein aber auch mit einem Erlebnis in ihrer Jugend zusammen, bei dem ich Zeuge war. Und da das so sein könnte, will ich nun doch der Reihe nach erzählen, wie es dazu kam.

Anna Gaudszuhn, Evas Mutter, hatte – auf die Vierzig zugehend – nicht mehr mit einer neuen Mutterschaft gerechnet und war mit der Versorgung ihrer Großfamilie so sehr beschäftigt, daß ein Säugling ihr eine zusätzliche starke Belastung bedeuten mußte. Als sich jedoch erneut Nachwuchs ankündigte, hatte sie diesen Umstand zwar seufzend, aber auf Gottes Willen bauend akzeptiert. Die Wiege wurde vom Boden geholt, wo sie in einer dunklen Ecke seit vier Jahren ein kaum noch beachtetes Dasein fristete, Leinentücher wurden zu Windeln zerschnitten und deren Ränder in den langen Winterabenden mit der Hand gesäumt, und kleine, zerstopfte Strümpfe, alte Höschen und Schlabberlätzchen wanderten aus der Flickenkiste ans Tageslicht, um einer Inspektion auf Wiederverwendbarkeit unterzogen zu werden. Die Gaudszuhns nagten zwar nicht am Hungertuche, aber Reichtümer warfen die siebzig Morgen Land nicht ab, und so waren Sparsamkeit und Einschränkung Tugenden, die sich von selbst ergaben.

Bei den Vorbereitungen ging der Schwangeren besonders ihre Schwägerin Frieda an die Hand, die als unverheiratete, keineswegs mehr junge Frau auf dem Hof der Gaudszuhns lebte und sozusagen die Stelle einer Großmagd vertrat. Sie machte sich keine Hoffnung mehr auf eine Ehe und eigene Mutterschaft, und als offenkundig wurde, daß ein neues Kind in den Kreis der Familie treten würde, zu der neben Vater und Mutter Gaudszuhn sowie den vier älteren Kindern auch die vom Altenteil lebenden Großeltern und sie, Gustav Gaudszuhns Schwester, gehörten, da beschloß sie insgeheim, diesen neuen Erdenbürger – gleichgültig welchen Geschlechts – als eigenen Nachwuchs anzusehen und ihm all ihre Liebe zu schenken.

Schon Monate vor der Geburt bestand Frieda darauf, als Patentante eingesetzt zu werden. Das Argument, sie habe doch bereits bei Herbert, dem ältesten Sohn, die Patenschaft übernommen, entkräftete sie mit dem Hinweis, dieser sei doch schon seit zwei Jahren konfirmiert. Ihm wüchsen schon die ersten Barthaare am Kinn, und daher benöti-

111

ge er bald eher eine junge Frau als eine alternde Patentante. So begleitete Frieda Gaudszuhn die Schwangerschaft ihrer Schwägerin Anna mit wachsendem Interesse und hatte ein wachsames Auge auf alles, was damit zusammenhing.

Als die letzten Nachtfröste der Eisheiligen vorüber waren und die Hochschwangere merkte, daß die Wehen einsetzten und das kleine Wesen in ihr unruhig zu werden begann, schirrte Frieda kurzerhand den Fuchs vor den Einspänner und fuhr geradewegs nach Soginten zur Hebamme Martha Eggert. Diese ließ sich nicht lange bitten. Sie wußte, daß den Gaudszuhns das fünfte Kind ins Haus stand, und die Erfahrung sagte ihr, daß in einem solchen Fall Eile geboten war. Als sie nach einer knappen Dreiviertelstunde mit Frieda bei der Gebärenden eintraf, zeigte sich aber, daß der neue Erdenbürger es gar nicht so eilig hatte, den Weg ins Leben anzutreten, so als fürchte er sich vor dem Draußen, obwohl das helle Licht der Vormittagssonne einen schönen Maientag versprach und eigentlich einen Anreiz hätte bieten können, den ersten Atemzug im Freien zu tun und den reichlich vorhandenen Sauerstoff in den kleinen Lungen mit dem eigenen Blut zu mischen und durch das junge Gehirn zu schicken.

Die Geburt schien eine Ewigkeit zu dauern, und Martha Eggert hatte das Gefühl, eher einer Erstgebärenden als einer Frau beizustehen, die schon vier Kindern das Leben geschenkt hatte. Als endlich nach Stunden alle Widerstände überwunden waren und die kleine Tochter schließlich wohlversorgt im Arm ihrer Mutter ruhte, fühlte sich die Hebamme von einer schweren Last befreit, obwohl ihr eine innere Stimme zu sagen schien, daß der Kampf um das Leben des neugeborenen Mädchens noch nicht gewonnen war. Ausführlich gab sie Frieda Anweisungen für die nächsten Stunden – eine Maßnahme, die sich als überflüssig erwies, da jene bei allen vorausgegangenen Geburten im Hause Gaudszuhn dabeigewesen war und sich in der Versorgung von Wöchnerinnen und Säuglingen gut auskannte.

Eigentlich hatte Gustav Gaudszuhn, der auf die Fünfzig zugehende Fünffachvater, es sich vorgenommen, die

Hebamme als zusätzlichen Dank für ihre Bemühungen eigenhändig nach Hause zu kutschieren, aber da Geburten nicht seine Stärke waren, hatte er während der Stunden im Wartestand dem selbstgebrannten Pflaumenschnaps so sehr zugesprochen, daß er vom Alkohol und der darauf folgenden Müdigkeit übermannt in der Scheune aufs Stroh gesunken war, noch ehe er recht begriffen hatte, daß alles zu einem guten Ende gekommen zu sein schien. So mußte der sechzehnjährige Herbert Martha Eggert nach Soginten zurückbringen, und dort nahm sie dem jungen Mann das Versprechen ab, sie am nächsten Vormittag wieder abzuholen, denn es war nicht nur ihre Berufspflicht, noch ein- oder mehrmals nach dem Rechten zu sehen, sondern es interessierte sie die Entwicklung des neugeborenen Kindes diesmal besonders.

Aber entgegen den Erwartungen oder eher noch den Befürchtungen der Hebamme verliefen die nächsten Tage und Wochen ohne Komplikationen. Der Säugling schlief fast ununterbrochen und mußte selbst zu den Stillzeiten geweckt werden. Auch in den ersten Monaten nach der Geburt schien alles den gewohnten Gang zu gehen, und daß Eva, wie das Mädchen seit der Taufe hieß, keine An-

113

stalten machte, von sich aus das Köpfchen zu heben, um die Welt neugierig aus einem anderen Blickwinkel zu betrachten, fiel niemandem auf, zumal Anna und Frieda Gaudszuhn neben der Hausarbeit auch noch wegen der einzubringenden Ernte auf den Feldern halfen und somit nur die nötigste Zeit auf die Versorgung des kleinen Mädchens verwandten.

Erst als Eva in ein Alter kam, in dem Kleinkinder gewöhnlich zu krabbeln beginnen und die ersten gezielten Laute von sich geben, beschlich die Mutter allmählich ein Unbehagen, weil die Kleine keine Neigung zu derartigen Aktivitäten erkennen ließ. Aber da gab es beschwichtigende Worte von seiten ihrer Schwägerin, welche die kleine Nichte – wie von ihr geplant – mehr und mehr unter ihre Fittiche genommen hatte: das sei, so erklärte sie, wohl nichts Ungewöhnliches; Kinder entwickelten sich nun mal unterschiedlich, und auch die beiden älteren Töchter, Hilde und Grete, hätten – so behauptete zumindest Frieda – sich verhältnismäßig spät zum Krabbeln entschlossen und den aufrechten menschlichen Gang wohl kaum vor ihrem zweiten Geburtstag sicher beherrscht.

Solchermaßen getröstet, wartete Mutter Gaudszuhn geduldig auf Evas Fortschritte, und als ihre jüngste Tochter endlich nach fast einem Jahr jene Reaktionen zeigte, die man bei anderen Kindern gewöhnlich schon nach wenigen Monaten registrieren kann, war sie erleichtert und hielt ihr Kind für das, was man gemeinhin einen Spätentwickler nennt. Vielleicht war es auch der unbedingte Wunsch, das letzte Kind möge genauso gesund und normal sein wie alle vorhergekommenen, der sie die Augen verschließen ließ vor dem, was viele Nachbarn längst sahen, nämlich daß Eva doch nicht ein Kind wie viele andere war, sondern offensichtlich unter Antriebsarmut und einem erheblichen Mangel an Entfaltungsenergie litt. Aber niemand wagte es, ihr die Augen zu öffnen, denn jeder spürte, daß man aus Barmherzigkeit der Mutter den Hoffnungsanker so lange wie möglich lassen müsse.

So kam es, daß Anna Gaudszuhn verhältnismäßig spät

aus dem Garten der Illusionen vertrieben wurde. Erst als der Kreisarzt, der alle Mütter mit Kleinkindern zur Pockenschutzimpfung in die große Gaststube des Krugs von Kischken zusammengerufen hatte, Eva zu Gesicht bekam, mit ihr verschiedene Übungen machte, bedeutungsvoll den Kopf wiegte und dabei Anna über seine Brillengläser hinweg ernst anblickte, begriff die Bäuerin blitzschnell, daß sie ihre Hoffnung aufgeben mußte. Sie erfuhr, daß sie mit einem behinderten Kind würde leben müssen, und obwohl sie bis dahin auf alles andere als auf Rosen gebettet war, erfaßte sie zugleich, daß ihr Leben nun noch beschwerlicher sein und dieses Erdendasein für sie und ihre kleine Tochter niemals zu einem Paradiesgarten werden würde. Da nützte auch das Versprechen ihrer Schwägerin Frieda wenig, sie wolle sich in Zukunft noch mehr als bisher um das arme Würmchen kümmern. Annas Hoffnung auf ein Leben in einer einigermaßen heilen Welt schien für immer dahin zu sein.

In den nächsten Monaten zeigte sich, daß Eva das Gehen nur sehr langsam erlernte und sie ständig der Gefahr ausgesetzt war, das Gleichgewicht zu verlieren. Sie setzte die Fußspitzen stark nach innen und drehte dabei den Körper hin und her, so daß sie eher einem watschelnden Entchen als einem gehenden Menschenkind ähnelte. Auch ihr Sprachvermögen blieb stark beschränkt. Erst mit drei Jahren konnte sie Familienangehörige und die Haustiere um sie herum benennen, wobei sie die einzelnen Silben meist nur stotternd hervorbrachte. Aber sie war ansonsten ein Kind, das sich unauffällig verhielt. Still und freundlich begegnete sie allen auf dem Hof, auch Fremden, die sich dann und wann bei den Gaudszuhns einfanden. Sie lächelte ihnen zu, und ihr Gesicht verriet kein Erstaunen über etwas Neues, so als wäre schon alles, was vor sie trat, von vornherein in ihrem kleinen Erfahrungshorizont eingeschlossen gewesen.

Nahm man Eva in der Erntezeit mit aufs Feld, blieb sie geduldig bei dem Garbenhaufen sitzen, wo man sie abgesetzt hatte, und wartete stundenlang ohne sichtbare Re-

gungen, bis sie zusammen mit den anderen wieder heimkehren konnte. Auf dem Hof und im Haus schien ihr lieb-
ster Spielgefährte der Schäferhund Prinz zu sein. Ihn streichelte sie ausdauernd, und wenn sie müde wurde, legte sie
ihren kleinen Kopf einfach auf das glänzende Fell des lang-
gestreckt auf dem Kodderteppich daliegenden Tieres und
schlief dort friedlich, während Prinz es nicht wagte, sich
heftig zu rühren oder gar die kleine Schläferin abzuschüt-
teln.

Im Winter war Evas Lieblingsplatz auf der warmen
Ofenbank im „Stäwke", wie das an die Küche angrenzende Wohnzimmer der Großeltern genannt wurde. Oma
Gaudszuhn, selbst schon wie der meist bettlägrige Opa
recht pflegebedürftig, hatte dort – zumindest in der kalten
Jahreszeit – ihren Stammplatz, und wenn die kleine Enke-
lin tollpatschig zu ihr auf die Bank zu klettern versuchte,
zog sie sie mit letzter Kraft hoch und wickelte sie in das
Wolltuch, das sie gewöhnlich um ihre Schultern trug, denn
sie fror oft auch dann noch, wenn das Holz im Ofen
knackte, die Flammen bullerten und die Kachelplatten bereits eine wohlige Wärme verströmten. So saßen sie beide,
die alte Frau und das behinderte Kind, wärmten sich ge-
genseitig und verbrachten lange Wintertagsstunden, die eine Ereignissen ihrer Vergangenheit nachsinnend, die andere ohne Zeitgefühl am Daumen lutschend, bis Frieda mit
der Petroleumlampe in den dunklen Raum trat und damit
das Zeichen zur abendlichen Versorgung gab.

In dieser Weise wuchs Eva heran, behütet zwar und
doch fernab jeder gezielten Förderung, die sie vielleicht ein
wenig weiter in jene Richtung geführt hätte, die normal
veranlagte Kinder von sich aus zu nehmen pflegen. Als Eva
sechs Jahre alt wurde und sich die Frage nach ihrer Schul-
reife stellte, erledigte sich die Antwort fast von selbst. Ihr
geringer Wortschatz und das Unvermögen, mehr als drei
Zahlen zu überschauen, hätten das Kind einfach überfor-
dert. Hinzu kam, daß Eva bei weitem noch nicht die Größe
eines Kindes hatte, dem man einen täglichen Schulweg von
vier Kilometern zumuten konnte. Daher stellte mein Vater,

der als der für Anderskehmen zuständige Lehrer in diesem Falle die Entscheidung zu treffen hatte, Evas Einschulung um ein Jahr zurück, insgeheim fürchtend, daß auch nach Ablauf jener Frist der Entwicklungsstand des behinderten Kindes kaum besser sein würde.

Also blieb Eva weiter zu Hause, während ihre Schwestern Hilde und Grete sowie der allmählich auf die Einsegnung zugehende Erich Woche für Woche den Weg über die ahorngesäumte Chaussee zu unserem Dorf antraten, um in der einklassigen Schule von meinem Vater in die Künste des Lesens, Rechnens, Schreibens, in Heimatkunde, Geschichte und Naturlehre eingeführt zu werden oder manchmal auch etwas über biblische Geschichte, den Katechismus und die zehn Gebote zu erfahren. Da letztere oft nicht ausreichten, alle „Boowkes" bei der Stange zu halten, lag ein Rohrstock im Klassenschrank bereit, der in Aktion trat, wenn trotz der Kenntnis des mosaischen Verhaltenskanons der eine oder andere von uns über die Stränge schlug und eine Strafaktion unausweichlich wurde. Ich bildete dabei unter den Jungen keine Ausnahme. Sehr genau erinnere ich mich an jenen Vormittag, an dem ein ganzer Pulk von uns in der großen Pause über Nachbar Eders hohen Strohhaufen hergefallen war und – ihn als Rutschbahn benutzend – in kürzester Zeit völlig deformiert und in die Breite getreten hatte. Als wir beim Klingelzeichen am Ende der Pause durch die Schultür zurückeilen wollten, erwartete mein Vater, dem die Untat natürlich längst von übereifrigen Mädchen gemeldet worden war, uns dort bereits. Noch an der Türschwelle griff er sich einen nach dem anderen, legte ihn übers Knie und ließ den Rohrstock mehrmals über die gespannten Hosen sausen, wobei ich, obwohl keineswegs der Rädelsführer, das Gefühl hatte, besonders reichlich bedacht zu werden, so als hätte er bei den übrigen Beteiligten jeden Verdacht auf Rücksichtnahme seinem eigenen Fleisch und Blut gegenüber im Keime ersticken wollen.

Es verstand sich von selbst, daß das Schulleben dem bäuerlichen Umfeld und dessen Gepflogenheiten angepaßt werden mußte. Hatten die Kartoffeln wegen zu schlechten Wetters in den eigentlich dazu bestimmten Herbstferien nicht geerntet werden können, wurden ein paar Tage „schulfrei" – zumindest für die älteren Kinder – angehängt, damit genügend Hände auf den Feldern bereit waren, die hellbraunen Knollen hinter der Erntemaschine aufzusammeln. Oder war die Zeit der Treibjagden gekommen und der Gutsbesitzer De la Chaux benötigte eine größere Schar Jungen, die mit lauten „Hoas opp!"-Rufen und Knüppelgeklapper die Mümmelmänner den Jägern vor die Flinten treiben sollten, so beurlaubte der Lehrer eben ein Dutzend Schüler, damit sie sich an diesem landesüblichen Spätherbsttreiben beteiligen konnten. Sein Schaden war es übrigens nicht, denn der Jagdherr revanchierte sich regelmäßig für das pädagogische Entgegenkommen mit zwei erlegten langohrigen Prachtexemplaren, die den Küchenzettel des Lehrerhaushalts um die Weihnachtszeit in angenehmer Weise bereicherten.

Immer in der Adventszeit entfaltete sich in unserer Dorfschule eine Aktivität besonderer Art. Meine Mutter, die das übrige Jahr lang den Mädchen nur den Handarbeitsunterricht erteilte oder, da sie viel musikalischer war als mein Vater, ihm hin und wieder das Singen mit der Klasse abnahm, kam in jenen vorweihnachtlichen Wochen voll zum Einsatz. Von ihrem Geschick hing weitgehend das Gelingen der Weihnachtsfeier für die Schulgemeinde ab, zu der immerhin vier Dörfer samt Bauern auf dem Abbau und eine Domäne gehörten. Jahr für Jahr strömten Eltern, Großeltern und andere Verwandte der Kinder zu dem Ereignis ins Schulhaus zusammen, und der Klassenraum war meistens zu eng, die Fülle der Gäste zu fassen, so daß in der Regel auch noch der angrenzende Flur als erweiterter Zuschauerraum herhalten mußte, selbst wenn man von dort aus kaum noch sehen konnte, was auf der Bühne vor sich ging, die aus drei alten über niedrige Bänke gelegten Scheunentoren bestand, aber für einen Abend den erhöhten Spielort weihnachtlicher Imagination bildete.

Der Unterricht dauerte in jenen Vorbereitungswochen manchmal nur zwei oder drei Schulstunden täglich. Dann ging es an das Lernen und Aufsagen von Gedichten, ans Basteln und Nähen, Singen und Probieren von Spielszenen, kurz an alles, was geeignet sein konnte, das Publikum in die richtige Weihnachtsstimmung zu versetzen. Es war üblich, daß zu der Generalprobe jüngere Geschwister mitgebracht wurden, damit auf sie, die bei der großen Aufführung in der Regel nicht dabei waren, auch ein Schimmer jenes Glanzes fiel, der sich bei den weihnachtlichen Vorbereitungen zu verbreiten pflegte.

Es muß an einem jener Generalproben-Tage gewesen sein, daß ich Eva zum erstenmal im Klassenzimmer zu Gesicht bekam. Natürlich kannte ich sie schon seit einigen Jahren, weil ich – besonders im Sommer – häufig nach Anderskehmen wanderte, um mit Evas Geschwistern und anderen Dorfkindern auf dem Gaudszuhnschen Hof herumzutollen. Als wir noch „Schornsteinfeger ging spazieren . . . " spielten, nahmen wir Eva einfach in den Kreis hinein, und sie ließ sich von uns in die Runde ziehen, mehr stolpernd als laufend, und sie wiederholte dabei einzelne Wörter des Kinderliedes wie „schönes Haus, schönes Haus . . . Mädel raus, Mädel raus . . ." Bei „Dreht euch nicht um, der Plumsack geht rum" vermochte sie schon kaum noch mitzuhalten, und als wir gar anfingen „Räuber und Gendarm" zu spielen, stand sie abseits und hilflos da, aber immer unserem Treiben ohne Gefühlsaufwallung zuschauend. So war sie für mich fast zum Inbegriff eines lebendigen Widerspruchs geworden: einerseits zur Passivität verurteilt, andererseits aber nie darüber ungehalten, sondern immer still lächelnd.

Auch an jenem vorweihnachtlichen Probenvormittag im Klassenzimmer saß Eva ruhig in der Bank vor der Bühne neben ihrer Schwester Hilde, die beim Krippenspiel als Souffleuse fungierte, und wer Eva nicht kannte, hätte sie für unbeteiligt gehalten. Aber irgendwie schien sie die Szene, die da vor ihren Augen geübt wurde, doch zu bewegen, zumal sie an der Stimme in Caspar, dem Mohren in der

Troika der Heiligen Könige, ihren Bruder Erich erkannte, obwohl sich jener probehalber schon mal das Gesicht mit einem Stück Brikett kräftig eingeschwärzt hatte und im tiefsten Baß zu sprechen versuchte. Auch mochte Eva wohl ahnen, daß hinter der in weiße Tücher gehüllten Maria sich ihre Schwester Grete verbarg, obgleich diese in der ganzen frommen Szene kaum zu Wort kam.

Da ich selbst vor den Heiligen Drei Königen her quer über die Bühne zu gehen hatte, an einem Besenstiel einen großen Strohstern in die Höhe haltend, konnte ich Eva gut beobachten. In ihren Augen glaubte ich einen hellen Schimmer zu sehen, als ich den Stiel hoch emporreckte und dreimal laut rief: „Ich bin der Stern von Bethlehem". Dann hatte ich laut Regieanweisung meiner Mutter hinter das Stallgehäuse zu treten, in dem sich die Heilige Familie samt Ochs und Esel befand, und von da an sah man von mir nichts mehr, wohl aber den Stern hoch über der Krippe. So blieb mir verborgen, was mir andere erst später berichteten, nämlich daß Eva plötzlich auf die Bank zu klettern versuchte und nur unter großem Kräfteaufwand ihrer Schwester Hilde und meiner Mutter daran gehindert werden konnte, mit ihrer völlig unerwarteten Erregung die Generalprobe platzen zu lassen. Auch als alle Kinder mittags den Heimweg antraten, schien Eva sich innerlich heftig dagegen zu wehren, und es bedurfte wiederum des guten Zuspruchs meiner Mutter, daß sie sich von der Stätte, die sie so sehr in ihren Bann geschlagen hatte, fortbewegen und von ihren Geschwistern auf dem Schlitten – denn es lag draußen seit Tagen eine dicke Schneedecke – nach Hause ziehen ließ.

Nur wenige Stunden später, und der Abend dämmerte bereits herauf, an dem das große Ereignis in der Schule stattfinden sollte. Mein Vater versorgte früher als sonst die Tiere im Stall, und ich bin sicher, daß er dabei Pferd und Kuh – denn Ochs und Esel besaßen wir nicht – in vorweihnachtlicher Geberlaune besonders reichlich mit Hafer, Heu und Rüben bedachte. Meine Mutter nestelte derweil in der Klasse an den Bettlaken sprich: Vorhängen herum und hörte mich dabei die Weihnachtsgeschichte ab, denn mir war außer der Rolle des Sternträgers auch der auswendige Vortrag eines Teils des Lukas-Evangeliums bei der Weihnachtsfeier aufgebürdet worden. Ich ließ wohl zum fünften oder sechsten Mal den Kaiser Augustus sein Gebot ausgehen, daß alle Welt geschätzet werde, als ich schon die ersten abendlichen Gäste durch den Schnee der provisorischen Schaubühne zustapfen hörte. Schnell eilte ich zur Haustür und ließ die Ankommenden eintreten. Nach und nach füllte sich der Raum mit erwartungsfrohen Zuschauern, während die Kinder, soweit sie Akteure des Abends waren, hinter dem Vorhang verschwanden und dort voller Lampenfieber ihrem großen Auftritt entgegenzitterten. Nur gelegentlich hob der eine oder andere vorsichtig einen Zipfel des Lakens hoch, um seinen Lieben im Parkett verstohlen ein Zeichen zu geben. Auch ich versuchte mir durch einen Spalt im Vorhang einen Überblick über das Publikum zu verschaffen. Natürlich kannte ich fast alle Gesichter: Die Buchs, Pfaus und Saleckers aus unserem Dorf, die Herzogs und Attrots aus Motzkuhnen, die Waldukats und Kubbiluns aus Rittigkeitschen, Frau Achenbach vom Hegereyer Gut, trotz ihrer schlichten Kleidung ganz Dame, und auch ihr Kutscher Balczus war mir vertraut, der sie im offenen Schlitten hergefahren hatte, aber jetzt geziemenden Abstand zu seiner Herrin hielt und einen Sitz im Flur vorzog, obwohl sie ihm einen Platz neben sich angeboten hatte. Und aus Anderskehmen sah ich Vater und Mutter Schumacher, deren Sohn Otto zu meinen engsten Spielgefährten gehörte, und ich erblickte auch Anna und Frieda Gaudszuhn, und zwischen ihnen saß Eva, worüber ich mich sehr wunderte, denn ich wähnte sie daheim bei ihrem Vater Gustav und den Großeltern. Aber Eva hatte, als Mutter, Tante und ihre Geschwister sich zum abendlichen Gang in die Schule rüsteten, instinkthaft erfaßt, daß sie zu Hause bleiben sollte. Fast verbissen hatte sie sich daraufhin an ihre Tante Frieda geklammert, „ich mit … ich mit!" gerufen und so schließlich erreicht, daß man sie in die Winterkleidung packte und auf den Schlitten setzte.

Nun saß sie in der vordersten Bankreihe, beleuchtet von der großen Propangaslampe, die über der Bühne von der Decke hing und ein warmes Licht nach allen Seiten hin verbreitete. Als wir Kinder, die den Chor bildeten, vor den Vorhang traten, erstarb das letzte Geraune bei den Zuschauern, und so konnte die Feier beginnen. Wir sangen „Hohe Nacht der klaren Sterne . . ." und „Leise rieselt der Schnee . . .", sagten zwischendurch die Weihnachtsgedichte auf, mein Vater spielte auf der Geige „O du fröhliche . . ." und ermunterte dabei die Gäste zum Mitsingen, und dann folgte mein Solo mit der Weihnachtsgeschichte, das ich einigermaßen ordentlich absolvierte, wenngleich ich mich bei der Stelle „. . . wickelte ihn in Windeln . . ." wegen des doppelten „W" verstolperte und neu ansetzen mußte. Schließlich strebte der Abend seinem Höhepunkt, dem Krippenspiel, zu.

Der Vorhang öffnete sich und gab den Blick auf die biblische Landschaft frei. Links hinten knieten Otto Schumacher, Fritz Kühn und Herbert Brandtner – mit großen Schlapphüten über den Ohren und jeder einen Weidenknüppel in der Hand – als bethlehemitische Hirten auf den Feldern und ersehnten in der nächtlichen Eintönigkeit eine Abwechslung, die auch nicht lange in Gestalt des göttlichen Boten auf sich warten ließ, verkörpert von Lieselotte Schattauer in einem langen, weißen Gewand und zwei riesigen, auf den Rücken geschnallten Pappflügeln, denen Lieselottes Tante Lieschen noch am Nachmittag mit etwas Silberbronze den richtigen Strahlenglanz verpaßt hatte. Der Engel wies den Hirten den Weg zum Stall, sie zogen langsam über die Bühne zur rechten Seite und ließen sich dort neben Ochs und Esel nieder, die eigentlich nur aus zwei über eine kleine Bretterwand ragenden Tierköpfen aus Sperrholz bestanden.

Als nun die fromme Szenerie um die Heilige Familie herum aufgebaut war, sollte der Auftritt der Heiligen Drei Könige vonstatten gehen. Ich trat mit meinem Stern an der

Stange aus den Vorhängen heraus und wollte, feierlich schreitend, gerade verkünden, daß ich der Stern von Bethlehem sei, als vor der Bühnenrampe plötzlich ein tumultartiges Gerangel entstand und die Blicke aller auf sich zog. Eva hatte sich auf die Bankoberfläche durchgekämpft, stand dort bebend vor Aufregung, reckte die Ärmchen zur Bühne und schrie immer wieder: „Ich Stern . . . ich Stern Bete-Lamm!" Was tun? Sollte ich warten, bis Eva wieder zur Ruhe gekommen war? Sollte ich sie einfach nicht beachten, so tun, als ob nichts geschehen wäre, und gemessenen Schrittes weiterziehen? In meiner Unsicherheit, wenn nicht gar Notlage warf ich einen Blick zurück hinter den Vorhang, von wo aus meine Mutter die Spielfäden zog. Sie gab mir einen kurzen Wink, wieder in die Kulissen zurückzukehren, trat selbst kurz entschlossen an den Bühnenrand und hob Eva zu sich hoch. Mit dem Kind an ihrer Seite, das sich nun willig führen ließ, kam sie hinter den Vorhang zurück, nahm mir den Stab aus der Hand und plazierte Eva damit an meiner Stelle vor Caspar, Melchior, Balthasar.

Und das Wunder geschah: Mit tapsigen Schritten zwar, aber innerlich traumhaft sicher führte Eva die Heiligen Drei Könige über die Bühnenfläche, will sagen: das Land Davids zur Krippe hin, mit ihren kurzen Fingern den Stab mit dem Stern umklammernd, und rief mehrmals laut: „Ich Stern Bete-Lamm". Daß sie dabei die magische oder heilige Zahl drei weit überschritt, wer hätte es dem behinderten Kind verübeln wollen! Wie eine kleine Künderin der christlichen Wahrheit stand sie dann neben der Krippe, selbst sichtbar und doch auch zugleich mit ihrer armseligen Existenz auf jenen Stern weisend, welcher der Welt das Heil bringen sollte.

Sie stand noch so da, als das Krippenspiel längst beendet war und alle in den Schlußgesang „Stille Nacht, heilige Nacht . . ." einstimmten. Sie stand glücklich lächelnd, als habe sie von nun an den zentralen Bezugspunkt ihres Daseins gefunden, der ihr die Kraft gab, auch größeres Leid still zu erdulden. Später erfuhren wir, daß Eva an jenem

Abend – schon halb im Schlaf – immer wieder „Stern Bete-Lamm" geflüstert habe und daß das selige Lächeln auf ihrem Gesicht auch noch nicht vergangen war, als sie schon längst in tiefem Schlummer ruhte.

Die Antwort

Es ging auf Dezember zu, und der Nikolaustag nahte. Also mußte manches dafür vorbereitet werden, damit der heilige Mann den Kleinen, wie sie es von ihm erwarteten, die Pantoffeln, Schuhe und Stiefelchen mit Äpfeln, Rosinen, Nüssen, Mandeln, Plätzchen, Printen und ähnlichem Naschwerk vollstopfen konnte. Die Vorbereitungen dazu trafen in der Regel die Mütter. Gut versteckt unter anderen eingekauften Waren, lagen die Süßigkeiten in Taschen und Körben, damit nicht neugierige Kinderaugen dem Nikolaus allzu früh auf die Schliche kamen. Daheim wurde dann alles sorgfältig verborgen, bis der von den Kleinen mit Spannung erwartete Tag herangekommen war.

Natürlich mußte der fromme Mann schon wochenlang vorher für manche pädagogische Maßnahme herhalten. Mit der Androhung, der Nikolaus werde schlechtes Benehmen mit Süßigkeitsentzug bestrafen und habe für ganz hartnäckige Fälle sogar eine Rute parat, konnten ständiges Daumenlutschen, Abneigung gegen das Waschen, lautes Schreien, trotziges Sich-Widersetzen, Wutausbrüche und vieles andere mehr für eine Weile unterbunden oder zumindest gemildert werden. Eine Langzeitwirkung auf ihre Zöglinge versprachen sich allerdings nur wenige Eltern, denn meistens, das hatte sie die Erfahrung gelehrt, ließ die Wirkung des bärtigen Bischofs schon wenige Tage nach seinem Auftritt nach, mochte er nun unsichtbar in der Nacht vom fünften zum sechsten Dezember tätig gewesen oder gar irgendwann um jene Tage herum leibhaftig vor den Kindern erschienen sein.

Letzteres geschah in unserer Kleinstadt regelmäßig vor den Kindern – und Angehörigen – des Männergesangvereins. Ein größeres Zimmer in einem der beiden städtischen Hotels, das gewöhnlich als Übungs- und Versammlungsraum diente, verwandelte sich alljährlich zum Nikolausauftritt in einen vorweihnachtlich geschmückten Empfangssaal. Tannenäste mit vergoldeten Zapfen hingen an den Wänden, Kerzen standen auf den mit weißen Leinentüchern gedeckten Tischen, Äpfel und Nüsse bildeten dazu den adventlichen Rahmen, und in einer Ecke dampfte ein Kessel mit Glühwein für die Erwachsenen und verbreitete im ganzen Raum einen angenehmen Duft nach Nelken und Zimt.

Auch an jenem Nikolausabend, an den ich mich besonders gut erinnere, war das nicht anders. Die Eltern hatten mit ihren Kleinen, soweit sie dem „Nikolausalter" noch nicht entwachsen und also „gläubig" waren, um die Tische herum Platz genommen. Johann Achenbach, der blinde Kirchenorganist, welcher im Männergesangverein zuweilen den Klavierpart übernahm, saß schon bereit, den Einzug des Nikolaus mit einem Adventslied auf dem Piano musikalisch zu begleiten, und ganz vorn auf einem Podest lag neben einem mächtigen Holzsessel ein großer, brauner Sack, angefüllt mit all den Gaben, die zu verteilen dem bärtigen Kinderfreund aufgetragen worden war.

Einige der Kleinen hielt die Ungeduld und die freudige oder bange Erwartung nicht auf ihren Plätzen. Sie wagten sich schon einmal ein Stück auf den verheißungsvollen Sack zu nach vorn, flüsterten voller Spannung miteinander oder setzten sich – allerdings in respektvollem Abstand zum Ort der bevorstehenden Handlung – auf die gebohnerten Dielenbretter des Zimmers und blickten scheu in Richtung der Tür, die sich bald auftun mußte.

Zu diesen Mutigeren gehörte auch der fünfjährige Rolf, sechstes Kind und dritter Sohn des Bäckereibesitzers Fritz Broschat, der bei seinen Sangesbrüdern und auch sonst in der Stadt als ein zwar jovialer, aber zuweilen zu Jähzorn neigender Mensch galt. Diesem nicht mehr ganz jungen, aber in ehelichen Dingen noch sehr agilen Innungsmeister hatte seine Frau Johanna diesen pausbackigen Burschen geschenkt, als die Eheleute gar nicht mehr mit weiterem Kindersegen gerechnet hatten. So war der Altersunterschied zwischen Vater und Sohn beträchtlich, und das quirlige, sich manchmal auch ungezogen gebärdende Kerlchen mochte dem in seinem Haus mit großer Autorität regierenden Alten hin und wieder auf die Nerven gehen, so daß er seinem Ärger mit lauter Stimme Luft machte oder den Sprößling gelegentlich über das Knie legte und ihn mit einer Tracht Prügel zur Raison brachte.

Wie alle Eltern, so hatten auch die Broschats dem Nikolaus, in diesem Falle gespielt von Paul Lemke, im Zivilberuf Katasteramtsvorsteher und volltönender Baß im Gesangverein, einen Zettel für sein „goldenes Buch" geschrieben, auf dem Lob und Tadel, die es auszuteilen galt, fein säuberlich aufgeführt waren. Was gab es da nicht alles bei den Kleinen zu bemängeln oder lobend hervorzuheben!

Karl Buttgereit vergaß ständig, sich die Zähne zu putzen, Peter Hofer wollte nie essen und lief Gefahr, ein Suppenkaspar zu werden, Else Bobrowski räumte ihre Puppen nie vom Küchentisch, Waltraut Achenbach kümmerte sich schon sehr liebevoll um ihren kleinen Bruder – und so weiter und so fort.

Der Nikolaus hatte die elterlichen Auskunftszettel so in das große, mit Goldpapier bezogene Buch der Reihe nach gelegt, wie er die Kinder zu sich nach vorn zu rufen gedachte. Dieses gewichtige Buch unter dem linken Ärmel seines roten Gewandes haltend und mit der rechten Hand den Krummstab fest umklammernd, trat er nun bedächtig aus dem dunklen Flur in den kerzenbeleuchteten Raum durch die niedrige Tür. Beinahe wäre ihm dabei die hohe Bischofsmütze vom Kopf gefallen, weil er damit an den Türrahmen geraten war. Aber irgendwie hatte er sie im letzten Augenblick doch noch festhalten und eine unerwünschte Demaskierung verhindern können, denn an der Mütze hing sein weißer Wattebart, ohne den ihn so mancher Knirps aus der Kinderschar schnell als den Amtsvorsteher Lemke identifiziert hätte, weil seine Hasenscharte, ein unverwechselbares Kennzeichen seines Gesichtes, flugs zum Verräter geworden wäre.

Froh darüber, eine solche Katastrophe vermieden zu haben, schritt er langsam zu den Klängen des Adventsliedes auf den ihm zugedachten Platz zu, unterließ es dabei auch nicht, huldvoll nach rechts und nach links mit der stabtragenden Hand den Chorbrüdern nebst Familien einen

Gruß zu senden, setzte sich, auf dem Podest angekommen, breit in den bereitgestellten Holzsessel und begann, seines Amtes zu walten.

Als ersten rief er Rudi Westenberger, den kräftigen, schon fast sieben Jahre alten, aber immer noch ahnungslosen Sohn des Apothekers zu sich, um ihm für die Dauer der Prozedur seinen Stab zum Halten zu übergeben. Rudi baute sich, stolz darauf, einer solchen Ehre teilhaftig zu werden, stramm wie ein Wachsoldat mit dem Bischofsstab neben dem Nikolaus auf und rührte sich fortan nicht von der Stelle. Der Pseudobartträger blickte freundlich in die Runde, erzählte dabei von seiner weiten Reise, die ihn über vereiste masurische Seen und die verschneite Rominter Heide bis in unsere kleine Stadt geführt habe, erwähnte auch, daß ihm unterwegs viele Tiere des Waldes begegnet seien, und kam schließlich auf den eigentlichen Zweck seines Besuches zu sprechen, nämlich: brave Kinder zu loben sowie zu beschenken und jenen ins Gewissen zu reden, an deren Verhalten ihre Eltern offenbar etwas auszusetzen hätten.

Und nun ging es eigentlich erst richtig los. Kind für Kind, zuweilen auch zwei oder gar drei Geschwister zusammen, so traten sie vor den Nikolaus. Manche hatten ein Gedicht gelernt, das sie ihm aufsagten, andere sangen je nach ihrer augenblicklichen Verfassung couragiert oder zaghaft ein oder zwei Strophen eines Weihnachtsliedes – und waren insgesamt erstaunt darüber, welche Einzelheiten der bischöfliche Weißbart über sie wußte. So war es eigentlich selbstverständlich, daß jedes Kind zu den Vorwürfen nickte und eifrig Besserung versprach, dabei schon nach der Sacköffnung schielend, aus welcher der gute Mann zum Abschluß jeder Befragung eine Tüte oder ein Päckchen herauszog, um es als Lohn oder Ansporn zu besserem Verhalten auszuhändigen.

Der kleine Bäckermeisterssohn Rolf hatte die Abläufe vor dem Nikolausthron mit Aufmerksamkeit verfolgt, dabei hingebungsvoll in der Nase gebohrt und sich überlegt, was der weise Mann wohl an ihm auszusetzen haben könn-

te. Von kleinen Widersetzlichkeiten einmal abgesehen, die sicher nicht zählten, fiel ihm nichts Nennenswertes ein, was hier zu Buche hätte schlagen können. Daß er vor wenigen Wochen heftig geschrien und mit den Füßen wild auf den Boden gestampft hatte, war von ihm sozusagen aus seinem Bewußtsein verdrängt worden, denn der Keller unter der Backstube, in dem das alles passiert war, hatte keine Fenster. Wie also hätte der Nikolaus seine Unbotmäßigkeit dort unten sehen und registrieren können? Nein, er war sich keiner Schuld bewußt und wartete folglich gelassen seinen Aufruf ab.

Als der Nikolaus endlich seinen Namen nannte, ging Rolf zuversichtlich und fast ohne alle Hemmungen nach vorn. Der bärtige Rotwams reichte ihm langsam die Hand und schaute ihm mit seinen graublauen Augen unter den Rändern der Brille, die er sich zum Lesen aufgesetzt hatte, ernst ins Gesicht. „Du bist also der Rolf", sagte er bedeutungsvoll und hielt dabei immer noch die schmale Kinderhand in seiner großen Rechten. „Dann wollen wir doch einmal nachlesen, was ich hier in meinem goldenen Buch vermerkt habe", fuhr er fort und blätterte vor und zurück, bis er die richtige Stelle gefunden zu haben schien. „Was lese ich hier? sag mal, Rolf, wer brüllt denn bei euch daheim manchmal so laut herum, daß alle Leute auf der Straße es hören können?"

Der Junge bekam einen roten Kopf. Man sah es ihm an, daß er mit so einer Frage nicht gerechnet hatte und nun bei der Antwort Probleme bekam. Stumm und ohne sich zu rühren überlegte er.

Der Nikolaus faßte nach: „Und wer brüllt nicht nur laut, sondern tritt auch noch mit dem Fuß heftig auf den Boden und schimpft dazu?" Wieder vergingen einige Sekunden, in denen Rolf angestrengt nachdachte. Plötzlich aber blitzten seine Augen auf. Er schien die Lösung gefunden zu haben. Fest davon überzeugt, dem Nikolaus die richtige Antwort zu geben, sagte er mit lauter Stimme: „Der Papa!"

Der Glückwunsch

Der Tag begann trüb-melancholisch.

Ich war auf dem Weg zur Friedhofskapelle. Das Herbst-
laub hatte sich schon weitgehend von den Bäumen gelöst
und klebte, vom Sprühregen und Nebel stark eingenäßt,
auf dem Asphalt des langen Weges, der von der Eingangs-
pforte schnurstracks auf die im Hintergrund winzig wirkende Leichenhalle zulief. Zusammen mit dem Astgeflecht
der nahezu kahlen Alleebäume hätte das neblig-schmudd-
lige Herbstwetter die filmreife Kulisse für eine Beerdi-
gungsszene abgegeben und jeden auf solche Stimmung
versessenen Regisseur in Begeisterung versetzt, wäre es
nur um einen Film gegangen.

Aber hier war alles echt: der Friedhof, die triste Umgebung, der kalkweiße Bau der Leichenhalle, auf die ich zu-
ging – und der Sarg darin, in dem man, wie ich vermutete,
die Verstorbene auf einem weißen, kunstseidenen Polster
gebettet hatte, damit zumindest den engsten Angehörigen
die Vorstellung eingegeben werde, die Heimgegangene lie-
ge trotz ihrer offensichtlichen Starrheit eigentlich doch
recht bequem und sei außerdem durch den massiven Sarg-
deckel vor der Nässe geschützt.

Solches und ähnliches bedenkend, eilte ich die drei, vier
Stufen zum Eingang empor, denn ich hatte mich etwas verspätet, und versuchte die schwere, eisenbeschlagene Tür
möglichst geräuschlos so weit zu öffnen, daß ich mich
durch den entstandenen Spalt in das Innere der Halle hin-
einwinden konnte, ohne Aufsehen zu erregen. Aber verge-
bens – ein lautes, von ächzendem Knarren begleitetes
Geräusch ließ bei meinem Eintritt die bereits zahlreich ver-
sammelte Trauergemeinde fast sekundengleich die Köpfe
nach hinten drehen und Dutzende von Augen auf mich
richten, so daß ich mir sofort wie ein höchst unwillkomme-
ner Störenfried vorkam, obwohl ich doch der Verblichenen
zu ihren Lebzeiten nicht ferner gestanden haben mochte als
die Mehrzahl der hier zu ihrer Abschiedsfeier versammelten Freunde, Verwandten und Bekannten.

Nur knapp ein Dutzend Kerzen, auf Leuchterarme gesteckt, gaben der nüchternen Friedhofshalle etwas Helligkeit. Der dunkle Sarg ragte finster von der Rückwand wie ein aufgebocktes Ruderboot fast bis zur Mitte der vordersten Sitzreihe vor, und ungewöhnlich wenige Kränze und sonstige blumige Gebinde an seinen Seiten verstärkten eher noch den Eindruck von Dürftigkeit, als daß sie dem Raum einen Hauch von Frische und Leben verliehen hätten.

Diese Nüchternheit und Spärlichkeit entsprach aber ganz dem Verlangen der Verstorbenen: Hatte sie doch testamentarisch festgelegt, sie wünsche eine einfache Beerdigung, und statt einer reichen Blumenpracht – die ihr wegen ihrer Beliebtheit in ihrem großen Bekanntenkreis sicher gewesen wäre – wollte sie Spenden in Höhe des ihr zugedachten Betrages an den Sozialfonds ihrer Kirchengemeinde, den ein Jahrzehntlang zu betreuen sie trotz ihres fortgeschrittenen Alters sich nicht hatte nehmen lassen.

Auf Zehenspitzen gehend, suchte ich mir einen Platz in den hinteren Sitzreihen und ließ mich vorsichtig nieder, nachdem ich der Toten im Stehen und mit geneigtem Haupt einige Sekunden lang meine Reverenz erwiesen hatte.

Ich hasse im Grunde genommen solche leeren Formeln und Formen, die einem ein Etikettenkorsett anlegen, in dem man sich selten wohlfühlt, und bin mir im Nachhinein ziemlich sicher, daß ich bei dieser Geste der Ehrerbietung weniger an Frau Granert, die Verstorbene, gedacht hatte als an die mich Umgebenden, von denen einige im Stillen vielleicht „einundzwanzig, zweiundzwanzig, dreiundzwanzig" mitzählten, um zu prüfen, ob mein Anstandsgehabe auch lange genug währte. Aber zum Sittenrebell wollte ich an diesem Ort nicht werden, und so tat ich das, was man in diesem Kreis von mir erwartete.

Es dauerte nur noch wenige Minuten, bis die Seitentür der Friedhofskapelle sich öffnete und die Beerdigungs-Offiziellen in den Raum traten, ein beleibter Mann und eine schlanke Frau, beide in Schwarz gekleidet. Wider Erwarten nahm nicht das weibliche Wesen am Harmonium Platz, sondern der Mann schob seine Fülle auf die Orgelbank und breitete sorgfältig die Notenblätter vor sich aus, während die Frau auf das Rednerpult zuschritt, hinter dem der Geistliche bei seiner Leichenrede Aufstellung zu nehmen pflegt. Dort angekommen, wandte sie sich der Trauergemeinde zu, und ich gewahrte auf dem schwarzen Gewand zwei leuchtend weiße Streifen unter ihrem Kinn – und begriff stracks, daß hier eine Pastorin, eine in der evangelischen Kirche nicht mehr ganz ungewöhnliche Erscheinung, sich anschickte, die Trauerfeier abzuhalten.

Diese Einsicht weckte augenblicklich mein Interesse, da mir solches bislang noch nicht begegnet war, und ich wurde gespannt darauf, wie diese Inhaberin des pastoralen Amtes sich einer solchen nicht ganz leichten Aufgabe entledigen würde.

Nun, es begann nach dem gewohnten Schema. Die Trauergemeinde wurde aufgefordert, zwei Strophen des ersten Liedes zu singen, dessen Text und Noten man – der Einfachheit halber – aus dem Gesangbuch auf losen Blättern kopiert und zum freundlichen Gebrauch schon eine Weile vor Beginn der Feier auf die noch leeren Sitzplätze gelegt hatte. Der „Harmonist" spielte die Introduktion, die Anwesenden gesellten sich zögernd mit ihrem Gesang hinzu, und schließlich hatten fast alle stimmlich Tritt gefaßt, so daß die Verstorbene, hätte sie den Klängen lauschen können, zumindest am Ende der zweiten Strophe von dem Ergebnis angetan gewesen wäre.

Nach dem Kirchenlied wandte sich die Pastorin den Haupttrauernden zu, die, wie es der Brauch will, in der ersten Reihe vor dem Sarg versammelt waren, entbot auch der übrigen Trauergemeinde einen Willkommensgruß und begann dann, mit immer fester werdender Stimme den Lebensweg Frau Granerts nachzuzeichnen, der kurz nach dem ersten Weltkrieg fern im Osten Deutschlands begonnen hatte und nach vielen Umwegen nun gut sieben Jahrzehnte später im Westen zu seinem Ende gekommen war. Die Geistliche unterließ es auch nicht, lobend auf die christliche Gesinnung, den festen Glauben der Verstorbenen hinzuweisen, wobei sie als Beweis jener Haltung auf ein Gespräch verwies, das sie bei einem Krankenbesuch kurz vor dem Todestag mit ihr geführt hatte. Sie, Gertrud Granert, habe ihr damals erklärt, sie hoffe zuversichtlich, nach ihrem Ableben wieder mit ihrem bereits vor Jahren verstorbenen Mann vereint zu sein, und sie beide, die Eheleute, würden dann Hand in Hand auf einer Gartenbank sitzen und dem lieben Gott ins Antlitz schauen.

Die letzten Worte erinnerten mich an das Schlußgebet bei katholischen Beerdigungen, wo nach alter Kirchensitte schon einmal dessen gedacht wird, der als nächster aus dem Kreis der um den Sarg Versammelten „vor das Angesicht Gottes treten" müsse – womit man wohl bezweckte, den Anwesenden ins Gedächtnis zu rufen, sie sollten sich nicht zu sicher fühlen, und unbeabsichtigt wohl auch den Wunsch aktivierte, möglichst nicht gleich der nächste zu sein.

Ich ertappte mich bei dem Gedanken, es könne dem lieben Gott einmal gefallen, die Auswahl des nächsten dem zu überlassen, den man gerade zu Grabe trage. Wie würde das hier ausgehen? Ich sah vor meinem inneren Auge Frau Granert spitzbübisch in die Runde blicken, den einen oder anderen länger musternd und ihm dadurch einen fürchterlichen Schreck einjagend, sah ihren Blick sich schließlich auf ihre etwas zänkische Nachbarin heften, mit der sie manchmal, weil irgendwelche Mülleimer zu sehr klapperten, einen Strauß auszufechten hatte, – und konnte mir letztlich doch nicht vorstellen, daß sie wegen solcher Lappalien zu einem Racheakt fähig gewesen wäre. Nein, so etwas hätte einfach nicht zu Frau Granert gepaßt! Ein wenig mit der Möglichkeit und Macht spielen, das mochte sie. Aber in dieser Situation hätte sie mit Sicherheit Gott, dem Herrn, die Entscheidungsbefugnis vertrauensvoll wieder in seine Hände zurückgelegt.

Die Pastorin war inzwischen mit ihrer Leichenpredigt gut und sicher bis weit über die Mitte gekommen, hatte mehr und mehr mit ihrer seelsorgerischen Bravour in meinem Ansehen gewonnen und schickte sich an, die letzten

Klippen mit gekonnter Rhetorik zu umschiffen, als sich eine unerwartete Wendung im Ablauf der Feier anbahnte.

Zu den Hauptleidtragenden, dem Sohn und der Tochter der Verstorbenen nebst Ehepartnern, gehörten auch drei Enkelkinder – oder besser gesagt: man hätte sie theoretisch dazurechnen können, aber da sie wegen ihres zarten Alters den Ernst der Stunden zu begreifen nicht in der Lage waren, wirkten sie in dieser Ansammlung gequälter Mienen und geröteter Augen alles andere als traurig. Anfangs zwar mochte die gespenstische Stille, das leichte Knistern der Kerzen und deren flackernder Schein an den Wänden auf die beiden jüngeren Kinder so etwas wie eine lähmende Wirkung gehabt haben, denn sie saßen zunächst wie eingeschüchtert auf den Schößen ihrer Eltern. Und auch dem ältesten Enkel, einem etwa fünfjährigen Jungen, flößte das feierlich-düstere Ambiente zumindest Ehrfurcht ein. Er kauerte still auf seinem Platz in der ersten Reihe und warf nur gelegentlich schüchtern einen Blick über seine linke oder rechte Schulter auf die hinter ihm Sitzenden.

Mit der Zeit aber pflegt Kindern alles zunächst Neue und Ungewohnte langweilig zu werden, und so stellte sich allmählich auch hier bei den Kleinen der Wunsch ein, von Mutters Schoß zu dem des Vaters – oder umgekehrt – zu wechseln, für eine Weile neben dem Stuhl zu stehen oder auf den nächsten freien Platz zu klettern. Das störte nicht sehr, zumal die Eltern bemüht waren, ihre Sprößlinge in ihrer Nähe zu halten. Aber im Laufe der Zeit gesellte sich zu diesem Drang nach Positionswechsel die Neugierde auf das dunkle Holzding, das da vor ihnen in den Raum ragte, und so marschierte zunächst der Jüngste in Richtung Sarg davon. Er konnte zwar von seinem Vater wieder eingefangen werden, ehe er hinter einem Kranz verschwand, aber die kleine Tochter schien unterdessen schon auf einen Moment des Unbeobachtetseins gewartet zu haben, denn sie machte sich just in diesem Augenblick auf und davon, lief weit vor und stand nun zwischen den Kerzenständern, in den Knien wippend, sich leicht drehend und das Röckchen hebend für alle sichtbar neben dem Katafalk.

Diese nicht geplante Vorstellung, sozusagen eine Show-einlage als Konkurrenzunternehmen zur Predigt, paßte der geistlichen Würdenträgerin, wie man sich leicht vor-stellen kann, gar nicht in das Konzept. Was tun? Sie hob die Stimme merklich an und blickte in Richtung der jugendli-chen Aktivistin, ohne allerdings damit etwas zu bewirken. Erst als sie die Eltern einige Sekunden lang schweigend an-visierte, machte sich der zuständige Vater auf den Weg und setzte dem Treiben seiner Tochter ein Ende, indem er sie auf seinen Platz zurücktrug, ihr mahnend ein paar Worte zuflüsterte und so erreichte, daß wieder Ruhe einkehrte.

Die Predigt wurde fortgesetzt. Aber das geschah nun nicht mehr in der alten Stimmlage und mit der gleichen pa-storalen Gelassenheit, die ich an der Pfarrerin zu bewun-dern begonnen hatte. Ein leichtes Vibrieren in der Stimme deutete darauf hin, daß ihr die gewonnene Sicherheit ab-handen gekommen war und daß sie sich und ihre Amts-handlung noch lange nicht im sicheren Port wußte.

Und ihre böse Ahnung trog sie nicht. Getreu dem Sprichwort „Ein Unglück kommt selten allein" nahte ihr die nächste Prüfung in Gestalt des ältesten Enkels, der – of-fenbar ebenfalls aus Langeweile – auf seinem Sitz kniend sich voll dem Publikum hinter ihm zugewandt hatte, eine Zeitlang Gesichtsstudien trieb, wohl auch dem einen oder anderen verstohlen die Zunge zeigte, ohne allerdings auf Gegenliebe zu stoßen, und schließlich, als das alles nichts einbrachte, sich eins der lose herumliegenden Blätter mit den Liedtexten angelte. Er hielt das Papier bald richtig, bald falsch herum, auch mal quer – und wußte zunächst wenig damit anzufangen.

Plötzlich aber ging ein Leuchten über sein Gesicht. Ihm war aufgegangen, daß es sich bei den schwarzen Punkten auf dem Blatt um Noten handelte, und Noten, soviel wuß-te er bereits, waren zum Singen da. Und so intonierte er mit heller, kräftiger Stimme und ohne den Vorwurf der uner-wünschten Einmischung in die Predigt zu scheuen: „Hap-py birthday to you, happy birthday to you!"

Vorbei war es mit der Feierlichkeit in der Friedhofshalle, vorbei auch mit der Aufmerksamkeit auf die Predigt. Nur wenige Trauergäste wahrten die Fassung. Die meisten prusteten mehr oder weniger laut los oder unterdrückten gerade noch mit vorgehaltener Hand ihren Lachanfall. Allen tat sicher die junge Pastorin leid, die sich nun so kurz vor dem Ziel aus der Bahn getragen sah. Sie schloß die Augen, rang nach Luft, und als sie – und die Gemeinde – sich etwas gefaßt hatte, setzte sie unvermittelt zum Schlußgebet an, ließ danach eine Liedstrophe singen und gab schließlich das Zeichnen, daß man die Verstorbene zu ihrer letzten Ruhestätte hinausgeleiten wolle.

Ich ging in diesem gedehnten Trauerzug, der sich langsam auf der Friedhofsallee der Grabstelle zubewegte, ganz am Ende und war in Gedanken noch bei dem Geschehen in der Kapelle. Wie hätte, so überlegte ich mir, Frau Granert auf diesen spontanen Glückwunsch ihres Enkels reagiert? Wahrscheinlich hätte sie, wenn sie dazu in der Lage gewesen wäre, herzlich über ihn gelacht und dem Jungen liebevoll über den blonden Schopf gestreichelt. Und vielleicht hätte sie noch hinzugefügt: „Mein Kind, ich danke dir für den Glückwunsch zum Geburtstag. Ich bin nun in ein Leben hineingeboren worden, in dem ich von jetzt an immer auf der Gartenbank sitzen und dem lieben Gott ins leuchtende Antlitz schauen kann . . .!“

Ja, das hätte zu Frau Granert und ihrer positiven Lebensauffassung gepaßt. Und so folgte ich an diesem nebligen Novembertag ihrem Sarg gar nicht mehr betrübt, sondern innerlich gelöst und eigentlich schon heiter.

Goethe auf der Flucht

oder: Späte Heimkehr

Die Maschine setzte zur Landung an. Über die Tragflächen huschten die letzten Fetzen tiefliegender Wolken, welche die Iljuschin bei ihrem Anflug auf den Küstenstreifen hatte durchstoßen müssen. Der helle Saum des weiten Uferbogens, gebildet aus Sand und aufschäumenden Brandungswellen, hob sich mehr und mehr vor der Steilküste und dem dunklen Festland ab und zog eine weißliche Diagonale quer hinter die Regenstreifen, die wie ausgefranste Gardinen aus der Wolkendecke herabzuhängen schienen.

Noch einmal drehte sich für die Passagiere der Horizont aus seiner Normallage, als die Maschine eine Rechtskurve beschrieb, um auf die im Hintergrund sichtbar gewordene Landebahn einzuschwenken. Bald glitten Bäume und Sträucher immer größer werdend rasch unter den ovalen Fenstern vorbei. Ein paar dumpf abgefederte Stöße, spürbare Signale einer nicht gerade sanften Bodenberührung, hartes Räderdrehen, ein letztes Aufheulen der Turbinen im Gegenschub – dann rollte die Maschine immer langsamer werdend die Betonpiste entlang, schwenkte im Fahren auf das unscheinbare Abfertigungsgebäude zu und kam schließlich etwa hundert Meter davon entfernt zum Stehen.

Das also ist meine Heimkehr, ging es Heinrich durch den Kopf. Vor fast einem halben Jahrhundert hatte er diesen Landstrich verlassen – in einer Zeit, als der Krieg auf dem Gipfel seiner Gewalt, seines Grauens und seiner Erbarmungslosigkeit angelangt zu sein schien. Von jenen, die damals mit dem Schrecken und der Angst im Nacken davongekommen waren und in der Regel nicht mehr als das nackte Leben gerettet hatten, wagte nun der eine oder andere eine besuchsweise Rückkehr in die frühere Heimat, weil die einstigen Feinde, jetzt uneingeschränkte Beherrscher des Landes, die jahrzehntelange Abgrenzung nach Westen unter den veränderten politischen Bedingungen

lockerten. Heinrich hatte monatelang gezögert und überlegt, ob er den Schritt in die Vergangenheit wagen oder ob
er besser jenen weiten Landschaftsraum, der ihm einmal
Heimat war, so in Erinnerung behalten sollte, wie er ihn
aus seiner Jugend her kannte, was auf einen Reiseverzicht
hinausgelaufen wäre. Schließlich hatten die Neugier und –
wie er sich freimütig eingestand – so etwas wie latentes
Heimweh den Ausschlag bei seinen Überlegungen gegeben, und so stand er nun mit einem guten Dutzend Gleich-
gesinnter in dem kleinen Paß- und Zollabfertigungsraum,
um das letzte bürokratische Hindernis vor dem sich öff-
nenden Tor zu seiner Vergangenheit zu überwinden.

Die russischen Kontrolleure verrichteten ihre Arbeit
bedächtig und mit einer seltsamen Mischung aus Pflichtge-
fühl und bewußt zur Schau getragener Langeweile, so als
wollten sie zu verstehen geben: Wir machen das hier einerseits nur notgedrungen; andererseits haben wir aber auch
Verständnis für die Sicherheitsbedenken unserer Oberen.
Wer weiß schon, was sich alles in unser Land einschleichen
möchte, um zu spionieren!

Die Paßkontrolle brachte Heinrich ohne Schwierigkeiten hinter sich. Der Kontrolleur verglich das Geburtsjahr
im Reisepaß mit den Angaben im ausgefüllten Fragebogen,
schaute dem Paßinhaber kurz ins Gesicht, stempelte das
Papier und forderte zum Weitergehen auf. Bei den Zöll-
nern ahnte Heinrich allerdings von vornherein nichts Gutes. Zu oft war er schon wegen seines hellblauen Schalen-
koffers, den als besonderes Erkennungszeichen eine auffällige gelbe Rose zierte, auf Flughäfen zur Seite gewinkt
und „gefilzt" worden. Vielleicht war es aber auch sein allzu normales Aussehen, das gerade den Verdacht erweckte,
hier tarne sich jemand mit der Maske des Normalverbrau-
chers, um stangenweise Zigaretten oder andere Konter-
bande raffiniert über Grenzen zu transferieren.

Die Vorahnung trog nicht. Auch diesmal erwischte es
Heinrich. Als er seinen Koffer zwischen die Zöllner zur
Rechten und zur Linken geschoben hatte, legte einer von
ihnen diesen platt auf den Kontrolltisch und sagte in ge-

brochenem Deutsch: „Bittä öffnen!" Der Angesprochene suchte gleichzeitig in seiner Jackentasche und in seinem Gedächtnis nach ein und demselben Ding und fand zu seinem Glück auch beides. Umständlich kramte er den Kofferschlüssel aus dem Jackenfutter, hielt ihn dem Mann vor die Nase und antwortete: „Wot – kliutsch!" Der Zöllner lächelte schmallippig ob dieses bescheidenen Ausflugs seines Gegenübers in die russische Sprache, überließ es ihm aber, den Koffer zu öffnen. Dann hob er vorsichtig gefaltete Hosen, Hemden, Wäsche an, stocherte auch mit seinem langen Zeigefinger zwischen zusammengerollten Socken herum, ohne allerdings fündig zu werden, und klappte zu guter Letzt den Deckel mit unbewegtem Gesicht wieder zu, was zugleich als Abschluß der Visitation angesehen werden konnte.

Schon während der Kofferüberprüfung hatte Heinrich am Ausgang des Raumes eine junge Frau bemerkt, die ungeduldig mit einem Pappschild wedelte, dabei aber aufmerksam die Vorgänge in der Kontrollzone zu registrieren schien. Fast jeden, der abgefertigt war und den Raum verließ, sprach sie an, und Heinrich stellte mit Genugtuung fest, daß es sich bei jener jungen Russin offenbar um die Reiseleiterin handelte, mit der seine Gruppe es in der nächsten Woche zu tun haben würde. Die Organisation schien also in diesem Land doch einigermaßen zu klappen, das bisher mit reiseverwöhnten Westeuropäern so gut wie gar keine Erfahrung gehabt haben dürfte. Als er sich mit seinem Koffer bis zur Ausgangstür vorgearbeitet hatte, lächelte ihm die Russin freundlich zu. „Ich habe gesehen, daß man Sie beim Zoll etwas aufgehalten hat", erklärte sie in fehlerfreiem Deutsch, wenn auch mit leichtem Akzent. „Aber Sie müssen wissen, daß die Leute angehalten sind, hin und wieder Stichproben zu machen", fügte sie entschuldigend hinzu und zog dabei leicht beide Schultern in die Höhe. Dann nahm sie ihm, obwohl keineswegs von kräftiger Gestalt, sondern eher zierlich, resolut den Koffer aus der Hand und trug ihn zielstrebig in Richtung auf den Bus vor der Abfertigungshalle, in dem offenbar schon alle außer ihm Platz genommen hatten. Heinrich folgte ihr willig, wenn auch etwas verdutzt über diese weibliche Couragiertheit, zum wartenden Reisebus.

Auf der Fahrt zur Stadt, vorbei an weiten grasbewachsenen Flächen, die nur selten von etwas Buschwerk unterbrochen wurden, stellte sich die Reiseleiterin ihrer Gruppe vor. Sie heiße Lena Basiljewna Paljakowa. Niemand solle sich jedoch diesen langen Namen einprägen, sondern man könne sie einfach Lena nennen. Und der Busfahrer heiße Alexander, sei es aber gewohnt, Sascha gerufen zu werden. Sie beide bildeten seit einigen Wochen ein Betreuungsgespann. Falls es Schwierigkeiten gebe, solle man sich vertrauensvoll an einen von ihnen wenden. Es gebe da allerdings ein kleines Problem. Sascha verstehe so gut wie kein Deutsch. Natürlich hatte Lena die Lacher auf ihrer Seite.

Heinrich musterte während der Fahrt die Mitreisenden, mehr Frauen als Männer, die meisten wohl in einem Alter wie er und dazu auch – der Sprache nach zu urteilen – aus dieser Gegend stammend. Nur wenige hatten Jüngere in ihrem Gefolge, offenbar herangewachsene Kinder oder vielleicht sogar schon Enkel, denen sie ein Stück der alten Heimat zeigen zu können hofften. Die meisten der Älteren verbargen die Erregung vor der Begegnung mit dem Land ihrer Jugend hinter ernstem Schweigen. Stumm blickten sie auf die ihnen kahl vorkommenden Feld- und Weideflächen, die sie als abwechslungsreichen, von Dörfern, Gehöften, Gärten, Hecken und Zäunen bunt durchmusterten Landstrich in Erinnerung hatten. Nur selten hörte man im Bus einen Ausruf des Erstaunens, der irgendein Wiedererkennen vermuten ließ.

Auch Heinrich blickte schweigend in die Landschaft. Eine sarmatische Weite breitete sich draußen hinter den Chausseebäumen aus, die ihm allein vertraut vorkamen. Der Anblick der Eintönigkeit lähmte geradezu seinen Blick. War das wirklich das Land seiner Herkunft, das zu bereisen er sich gerade anschickte? Oder hatte ihn sein Geschick in eine ihm völlig fremde Ecke dieser Welt verschlagen, fernab all dessen, was ihm einmal vertraut gewesen war? Er gestand sich ein, daß er sich den Anfang seiner Reise anders vorgestellt hatte. Mehr als eine Stunde ging es in dieser Einförmigkeit weiter. Dann ließ die herabsinkende Dunkelheit die letzten Konturen verschwimmen, ehe eine Ansammlung von Lichtpunkten in einiger Entfernung anzeigte, daß man sich der Stadt und damit dem Quartier für die nächsten Tage näherte.

Das Zimmer lag nach Süden hin. Von seinem breiten Fenster blickte Heinrich auf einen weiten Platz, der von einer Straße gequert wurde, deren Verlauf man über die Brücke hinweg bis in einen unregelmäßigen Hochhaus-Stadtteil verfolgen konnte. Es war Sonntagmorgen, und so kam nur selten eine altertümlich anmutende Straßenbahn über die Brückenwölbung gerattert, um vor dem Hotel nach rechts oder links abzubiegen. Eine blasse Mondsichel stand noch sichtbar am weißbläulichen Himmel und gab der Morgenstille einen eigenartigen Reiz.

Auch Menschen schien es in dieser Stadt, zumindest zu dieser Stunde, kaum zu geben. Gemächlich schob ein Straßenfeger seinen Karren auf dem Bürgersteig vorwärts, hier und da ein Stück Papier oder eine weggeworfene Blechdose mit einer Zange aufsammelnd. Ein junges Paar schlenderte über den großen Platz in Richtung auf eine finstere turmhohe Bauruine zu, die wie ein riesiger, grau gewordener Legostein die kahle Fläche weit überragte.

Heinrich überlegte: Hier hatte einst das Ordensschloß gestanden, dessen ehrwürdige Räume er als Kind einmal bei einem Ausflug in die Hauptstadt hatte besichtigen dürfen. Mächtige Ecktürme sicherten damals den Gebäudekomplex, und der markante Hauptturm hatte als ein Wahrzeichen der Stadt gegolten. Und auch noch nach den Bombenangriffen und den dadurch verursachten Zerstörungen war die Ruine des Schlosses, wie Heinrich sich erinnerte, immer noch von imponierender Größe und Gestalt gewesen. Aber da den neuen Machthabern offenbar besonders daran gelegen war, alle Zeichen einstiger deutscher Vergangenheit gründlich zu tilgen, war von dem stattlichen Bauwerk nichts als das Plateau übriggeblieben, auf dem es sich über den Flußarmen und der Insel, die sie umschlossen, einst erhoben hatte. Auf jener Insel gewahrte Heinrich die Reste des ausgebrannten Doms mit der Grabstätte des Philosophen, des größten Sohnes der Stadt, dem die Sieger wohl nur deshalb die Grabesruhe unangetastet ließen, weil sein Denken als Ansatzpunkt für jene Ideologie hatte herhalten müssen, die im sowjetischen Rußland und bei seinen Vasallenstaaten über viele Jahrzehnte als die neue Heilslehre schlechthin ausgegeben worden war. So stellte jene Grabstätte, die man an der nordöstlichen Domecke vom Hotel aus mit bloßem Auge erkennen konnte, den letzten Rest einstiger Stadt- und Baukultur preußischen Herkommens in jenem Bezirk dar.

Wie anders sah das aus, was die siegreichen Nachfolger daraus gemacht hatten! Es gab einige Neubauten am Rande des weiten Platzes, aber die meisten waren im Stile des uniformen „sozialistischen Biedermeiers" hochgezogen, und man sah es den in Plattenbauweise gefertigten Gebäuden an, daß sie kaum ein weiteres Jahrzehnt ohne größere Schäden würden überstehen können.

Spuren solcher Neukultur urbanen Schaffens entdeckte Heinrich auch in seinem Hotelzimmer. Es war mit allem Nötigen ausgestattet, und das kleine Fernsehgerät, der Rundfunk-Lautsprecher, aus dem eine weibliche Stimme häufig die Moskauer Tageszeit verkündete, sowie das Telefon gaben dem Raum schon fast einen Anflug von Luxus. Aber wenn man die Wand neben dem Fenster näher betrachtete, entdeckte man einen gefährlichen Mauerriß, durch den man an einer Stelle beinahe den kleinen Finger an die frische Luft hätte stecken können. Als Quartier für höhere Chargen von Partei und Militär hatte man wohl schon beim Bau des Hotels jedes Zimmer mit einer eigenen Naßzelle ausgestattet. Aus Sparsamkeitsgründen lag ein Wasserrohr auf dem Putz, und von ihm führten drei Abzweigungen zur Dusche, zum Waschbecken und zum WC. Letzteres war so konstruiert, daß der Deckel nie völlig in die Vertikale gebracht werden konnte und infolgedessen dem sitzenden Benutzer auf den Rücken klappte. Heinrich sinnierte, ob damit wohl ein besonderer Zweck verbunden war. Vielleicht hielt der Deckel im Winter dem Benutzenden die Kälte von hinten fern? Das wäre doch immerhin schon etwas Sinnvolles gewesen!

Verstimmt über das Wahrgenommene, hatte sich Heinrich zum Frühstück in ein Restaurant am Rande des Platzes begeben, in dem alle Mahlzeiten eingenommen werden sollten, sofern man sich nicht auf Besichtigungsfahrt außerhalb der Stadt befand. Lena erwartete ihre Gruppenteilnehmer vor dem Restaurant. Sie trug ein geblümtes, ärmelloses Kleid, das durch seine Schlichtheit ihren schlanken Wuchs vorteilhaft unterstrich. Das hellblonde Haar umschloß ihr ovales Gesicht wie ein glänzender Lichtbogen, und ihre freundlich blickenden Augen taten ein übriges, in Heinrich das Gefühl aufkommen zu lassen, endlich an diesem Morgen etwas Erfreuliches zu sehen.

Dem Alter nach hätte Lena wohl seine Tochter sein können. Dieser Generationsunterschied hinderte ihn aber nicht daran, ihre frische Weiblichkeit auf sich wirken zu lassen, als wären sie gleichaltrig. Wäre ich zwanzig Jahre jünger, ging es Heinrich durch den Kopf, hätte wohl ein Funke zwischen dieser jungen Frau und mir überspringen können! Aber auch ohne diese Aussicht auf ein solches Spannungsverhältnis tat ihm Lenas Nähe gut, und er nahm sich vor, so bald wie möglich nach einer Gelegenheit zu einem Gespräch mit ihr zu suchen.

Lena hatte die Gruppe an jenem Vormittag unter kenntnisreichen Erklärungen den ehemaligen Schloßteich entlang und dann quer durch die Stadt zum Parkgelände an der Luisenkirche geführt, die, ihrer frommen Bestimmung beraubt, seit langem als Spielraum für ein Puppentheater herhalten mußte. Am Rande des Parkes sollte Sascha die Reisegruppe mit dem Bus abholen. Er schien sich verspätet zu haben, und so setzten sich die meisten Fahrtteilnehmer, ermüdet von dem weiten Fußweg, in das Gras des Parkes, wo einzelne Baumgruppen ihnen Schatten in der beginnenden Mittagshitze gewährten.

Auch Lena hatte sich gesetzt, allerdings dicht am Parkausgang, um dem Busfahrer ein Zeichen geben zu können, sobald sein Fahrzeug auftauchen würde. Heinrich ging zu ihr hinüber und fragte, ob er sich neben sie setzen dürfe. Bereitwillig lud ihn die junge Russin mit einer Handbewegung zum Platznehmen ein, und genauso bereitwillig gab sie Auskunft auf Heinrichs Fragen über ihr Woher. So erfuhr er, daß Lenas Eltern als junges Paar kurz nach dem Krieg aus der Nähe von Minsk in das neu gebildete Verwaltungsgebiet gekommen seien, daß sie geheiratet und bald drauf an der Küste in Rauschen – Lena wählte vermutlich aus Höflichkeit den alten deutschen Namen – eine ständige Bleibe und Arbeit gefunden hätten. In jenem Küstenort sei sie geboren, aufgewachsen und zur Schule gegangen. Zum Studium sei sie täglich mit dem Zug in die Hauptstadt des Bezirks („der Oblast", wie sie erklärend hinzufügte) gefahren, und danach habe sie lange als Deutschlehrerin an einer Mittelschule gewirkt. Als vor einem Jahr Reisebegleiter für deutschen Touristen gesucht wurden, habe sie ohne Zögern den Beruf gewechselt. Sie finde ihre jetzige Tätigkeit interessanter als ihre frühere, und außerdem sei sie als Lehrerin sehr schlecht bezahlt worden.

Heinrich bedankte sich für die Auskünfte mit einem freundlichen „Spaßibo, otschen interessno!" Lena lächelte. „Ich habe schon bei Ihrer Zollkontrolle gemerkt, daß Sie etwas vom Russischen verstehen. Woher können Sie es?" Heinrich wurde verlegen. Nein, von Können könne bei ihm nicht die Rede sein, wehrte er ab. Als sich abzuzeichnen begann, daß eine Reise hierhin möglich sein würde, habe er mit dem Erlernen der russischen Sprache begonnen, und als er sich schließlich zur Fahrt entschieden hatte, sei ihm nichts Besseres eingefallen, als einen einfachen Sprachkursus – mit Hilfe eines Tonbands – auswendig zu lernen. Er sei nun wohl in der Lage, am Bahnhof, bei der Post, bei einer Bank, im „Univermag" und an anderen Stellen Standardsätze zu formulieren. Aber beim Lernen hätten sich auch solche Sätze seinem Gedächtnis eingeprägt wie „Darf ich hier mein Zelt aufschlagen?", „Haben

Sie noch einen Termin für eine Dauerwelle frei?" oder „Nehmen Sie mir bitte die Laufmasche auf!" Es sei doch mehr als zweifelhaft, ob er derartiges jemals würde anwenden können.

Lena lächelte versonnen. Sie finde es sehr wichtig, Fremdsprachen zu lernen, erklärte sie nach kurzem Schweigen. Schließlich seien Sprachen die Verständigungsbrücken zwischen Völkern, und manche Vorurteile würden verschwinden, wenn man sich besser verständigen könnte. Sie finde es jedenfalls großartig, wenn ihr jemand aus einem anderen Volk mit sprachlichem Bemühen entgegenkomme.

Heinrich hätte Lena gern noch länger zugehört. Aber weil Sascha mit dem Bus um die Ecke kurvte, brach sie das Gespräch ab und beeilte sich, durch Winkzeichen dem Fahrer beim Einparken zu helfen. Ein Gruppengefährte, welcher von der Unterhaltung der beiden etwas mitbekommen hatte, saß bei der Rückfahrt zum Hotel an Heinrichs Seite. Ob er nicht auch den jetzigen Zustand der einst blühenden Stadt als schlimmen Rückfall in die Barbarei empfinde, wollte er wissen. Aber ehe Heinrich eine Antwort geben konnte, war er schon dabei, von der Behandlung der deutschen Bevölkerung durch die Russen bei der Eroberung der Stadt und in den Monaten danach zu sprechen, von Plünderungen, Vergewaltigungen, Morden. Es sei bekannt, erklärte er Heinrich, daß auf Kreta zwei deutsche Flaksoldaten, die ein griechisches Mädchen vergewaltigt hatten, von einem Kriegsgericht zum Tod durch Erschießen verurteilt wurden, weil das Mädchen an den Folgen der Mißhandlung gestorben war. Wenn man an die damaligen russischen Soldaten solche Maßstäbe hätte anlegen können, wäre wohl ein Viertel, vielleicht sogar ein Drittel jener „ruhmreichen Armee" vor ein Erschießungskommando gekommen. Er schloß seinen Ausflug in die Geschichte mit der lapidaren Feststellung: Und sowas will eine Kulturnation sein!

Heinrich überlegte, ob er antworten sollte. Sicher, die Zahlen sprachen gegen die Russen. Und auf deutscher Seite waren von den Landsern wahrscheinlich nur wenige an ähnlichen Greueltaten beteiligt. Aber hatte nicht im Hintergrund eine perfekte Vernichtungstechnik mit Hilfe weniger „Spezialisten" barbarisch gewirkt, die für Abertausende, ja Millionen von Menschen anderen Herkommens den Tod bedeutete? Und bildeten sich die Deutschen damals nicht auch ein, eine bedeutende Kulturnation zu sein? Konnte man das eine mit dem anderen vergleichen, konnte man es gegeneinander aufrechnen? Jedes Volk hatte wohl ein gerüttet Maß an Schuld in jener verhängnisvollen Zeit auf sich geladen. Es war ein schwieriges Problem, voll von Ungereimtheit, Unsicherheit, Unwägbarkeit. Daher beschloß Heinrich, nicht näher darauf einzugehen, und er sagte zu seinem Nachbarn nur: „Ach wissen Sie, das ist – um mit Fontane zu sprechen – ein weites Feld."

Am Abend holte er sich den Zimmerschlüssel an der Hotelrezeption. Eine von den vier oder fünf Frauen, die hinter der Schranke saßen, blickte ihn fragend an, und als er „Sorok odin – 41" sagte, reichte sie ihm mit einem breiten Lächeln den Schlüssel über die Absperrung. Heinrich ging zum Fahrstuhl und fuhr zu seinem Zimmer im vierten Stock. Der Tag hatte viele verschiedene Eindrücke gebracht, über die er sich eigentlich Notizen machen wollte. Aber da es schon spät war, beschloß er, das Schreiben auf den nächsten Tag zu verschieben und lieber ins Bett zu gehen. Er war gerade dabei, in einen tiefen Schlaf hinüberzugleiten, als die schrille Glocke des Telefons ihn in helles Wachsein zurückschleuderte. Wer zum Teufel, fragte er sich, ruft mich hier an? Keiner in Deutschland kennt die Telefonnummer meines Zimmers. Sicher hat sich jemand verwählt. Er nahm bewußt langsam den Hörer ab und meldete sich mit „sluschaju – ich höre!" Es knackte ein wenig in der Leitung. Dann vernahm er eine weibliche Stimme in russisch. Die Frau sprach ruhig und sehr deutlich, so als wisse sie, daß Heinrich nur so in der Lage war, überhaupt etwas zu verstehen. Es sei ihr bekannt, erklärte sie, daß er Deutscher sei, aber etwas Russisch verstehe. Ihr Anliegen sei es, sich mit ihm zu unterhalten. Am besten könne man sich in der Nähe des Bahnhofs treffen. Sie werde dort am Haupteingang auf ihn warten.

Heinrich überkam eine schlimme Ahnung. Warum hatte er nur an der Rezeption ein paar russische Sprachbrocken fallen lassen müssen! Irgendwer von den unbeschäftigt wirkenden Frauen schien die Telefonnummern der Zimmer zu kennen und Informationen über „allein reisende Herren" weiterzugeben. Etwas wirsch fragte er daher, warum er zu einem Treffen in so später Stunde kommen solle. Die Antwort war so knapp wie einleuchtend: Tagsüber müsse sie arbeiten, und nur abends habe sie frei. Heinrich fragte nach Namen und Alter. Die Frau nannte sich Irina; sie habe die Vierzig gerade überschritten. Heinrich gab zu bedenken: Ja starü, wü molodaja – ich bin alt, Sie jung! Das könne ihr doch wenig bringen. Nitschewo – das macht nichts, tönte es vom anderen Ende der Leitung her. Trotz dieser offensichtlichen Bekundung von Zuneigung war Heinrich nicht bereit, seinen Schlaf zu opfern, und so entschuldigte er sich mit Müdigkeit und hängte ein.

Am nächsten Tag verschwieg er seinen Mitreisenden den spätabendlichen Anruf. Es schien ihm töricht, mit einem Angebot prahlen zu wollen, das – bei Licht besehen – eher fraglich als redlich war. Nach dem Frühstück trennte man sich. Der Tag konnte von jedem auf individuelle Weise genutzt werden, und die meisten machten sich auf, besonderen Erinnerungen nachzugehen. Manche hatten sich ein Taxi für die Fahrt in die weitere Umgebung bestellt und strebten nun in verschiedenen Himmelsrichtungen davon. Heinrich wußte, daß es keinen Sinn hatte, in seine engere Heimat nahe der ehemaligen Grenze nach Litauen zu fahren, denn jener Teil galt immer noch als militärisches Sperrgebiet. Aber eine Fahrt zu dem nicht allzu weit von der Stadt gelegenen Dorf wollte er wagen, in dem seine Familie mit den beiden Pferden und dem hochbepackten Leiterwagen auf der Flucht für wenige Wochen Rast gefunden hatte. Sein Vater war von dort aus zum Volkssturm geholt worden, und ihn, den Siebzehnjährigen, hatte man zum Militär einberufen.

Da damals zu befürchten war, daß der Ansturm aus dem Osten sich in kurzer Zeit wiederholen würde und Frauen und Kinder auf der weiteren Flucht ohne männlichen Beistand sich schwertun mußten, hatten sein Vater und er vor dem endgültigen Abschied von der übrigen Familie in einer Scheunenecke ein tiefes Loch ausgehoben und dort Porzellan, Kristallteile, Silberbestecke und anderes von einigem Wert in Kisten und Blechbehältern im Boden versenkt, um einerseits den Fluchtwagen zu entlasten und andererseits eine Möglichkeit zu haben, das Vergrabene nach einer Rückkehr unzerstört wieder zu bergen.

Daß diese Rückkehr so viele Jahre auf sich warten lassen würde, das hatte Heinrich damals natürlich nicht geahnt. Aber nun stand sein Entschluß fest, jene Stätte aufzusuchen und zu sehen, was aus ihr geworden war. Große Hoffnung machte er sich nicht, denn die späteren Bewohner der Gehöfte hatten gezielt nach solchem versteckten Gut gesucht und waren, wie man im Westen erfahren hatte, zuweilen auch fündig geworden.

Lena, die Heinrich gebeten hatte, ein Taxi mit einem oder besser noch zwei Spaten für ihn zu bestellen, runzelte wegen dieses ausgefallenen Wunsches zwar die Stirn, organisierte aber alles zu seiner Zufriedenheit, nachdem er erklärt hatte, er habe nicht vor, etwas Verbotenes zu tun. Die Verständigung mit dem Taxifahrer machte keine Mühe. Man sprach auf der Fahrt nach Südosten teils russisch, teils deutsch. Micha, der Fahrer, hatte als Kind mehr als zwei Jahre lang eine ältere Deutsche, die „Großmutter", wie er sich ausdrückte, als Betreuerin gehabt. Da jene Frau kein Wort russisch konnte, habe sie mit den Kindern nur deutsch gesprochen, und so sei es gekommen, daß er als Fünfjähriger jene Sprache besser als seine Muttersprache beherrscht habe.

Als das Auto sich dem Ort näherte, den Heinrich als Ziel angegeben hatte, merkte er schnell, daß die Orientierung schwierig sein würde. Nur wenige Gebäudereste waren noch auszumachen, hier ein halber Torpfeiler, da einige Betonstreben, dort ein eingestürztes Kellergewölbe. Die Felder waren nur zum Teil bestellt, und die Kolchose, zu der sie gehörten, lag wohl einige Kilometer abseits. Untrüglicher Orientierungspunkt war jedoch der Friedhof, welcher, auf einem Hügel gelegen, mit seinem hohen Baumbestand fast noch den alten Anblick bot, auch wenn es in seinem Inneren vermutlich nur umgestürzte oder verrostete Kreuze und aufgebrochene Grabstellen gab.

Heinrich ließ das Taxi halten. Hier, unweit des Friedhofs, hatte der Einzelhof gelegen, der seiner Familie damals Zuflucht geboten hatte. Über ein Getreidefeld, dessen Halme er beim Durchqueren kaum niederzutreten brauchte, weil die einzelnen Reihen gut zwei fußbreit auseinanderstanden, ging Heinrich auf eine kahle Fläche zu, die wohl nur deshalb kaum Bewuchs aufwies, weil viele kleine Ziegel- und Zementstücke, Reste der einstigen Bebauung, das Wachstum behinderten.

Heinrich sah sich um. An jener Seite der Fläche mußte das Wohnhaus gestanden haben, rechts und links davon je ein Stall und gegenüber die Scheune.

Es gab keinen Zweifel. Er hatte den Platz gefunden, den er suchte. Während er sich noch in der Umgebung umsah und überlegte, wie er nun vorgehen solle, trat Micha auf die Freifläche. Er hatte die Spaten geschultert und sah Heinrich fragend an, als wollte er von ihm wissen, wo er mit der Arbeit beginnen könne. Heinrich fiel ein Stein vom Herzen. Dieser ihm eigentlich doch fremde Russe hatte ihn durchschaut und schickte sich nun an, ihm freiwillig bei seiner Vergangenheits-Spurensuche zu helfen! Oder war es bereits Lena gewesen, die seine Absicht erkannt, aber ohne lange zu fragen ihm geholfen hatte, indem sie Micha als Begleiter aussuchte?

Heinrich griff sich einen Spaten und ging zu der Stelle hinüber, an der er seine Scheunenecke vermutete. Der Boden war hart, und oft gab das Arbeitsgerät einen metallenen Klang von sich, wenn es auf einen Bausteinrest traf. Micha hatte sich in gut zwei Meter Abstand von Heinrich an die Arbeit gemacht und warf mit kräftigem Schwung ausgehobene Erde zur Seite. So gruben sie eine halbe Stunde lang, und es schien schon fast so, daß ihre Anstrengungen vergeblich waren, als Heinrich auf vermoderte Holzteile stieß. Er kratzte mit der Spatenkante nach, und noch mehr schwarze Holzreste wurden sichtbar. Gemeinsam räumten die Männer eine Schicht mit den Händen fort, dann kam die erste Porzellanscherbe zum Vorschein. Innerhalb einer Viertelstunde förderten sie einen wahren Berg von trüb gewordenen Kristallstücken, Tonscherben, verrosteten Metallteilen ans Tageslicht. Offenbar hatten schwere Traktoren den Untergrund so zusammengedrückt, daß die Kisten und ihr Inhalt zu Bruch gegangen waren.

Heinrich wußte nicht, ob Micha ihm die Enttäuschung ansah. Gern hätte er irgendeine unversehrte Schale, eine Vase oder eine Porzellantasse des früheren Familien-Hausrats als Andenken mit nach Deutschland gebracht. Nun mußte er sich wohl mit ein paar Scherben als Erinnerungsstücke begnügen. Auch Micha schien nicht gerade gut gelaunt über den Mißerfolg zu sein. Bedauernd zuckte er mit den Schultern und stocherte noch etwas in der Tiefe der Höhlung, die entstanden war, herum. Plötzlich gab sein Spaten ein schepperndes Geräusch von sich. Hatten sie noch etwas übersehen? Micha stieg in das Loch hinab, wühlte mit den Händen im Lehm – und förderte allmählich eine Metallkiste zutage, nicht groß zwar, doch schwer genug, daß er sie nur mit Anstrengung herauswuchten konnte. Heinrich kam ihm zur Hilfe, übernahm den Fund und stellte ihn vorsichtig auf den Boden. Nachdem die gröbsten Lehmklumpen abgewischt waren, ließ sich der Deckel fast spielend abheben.

Als Heinrich den Inhalt des Metallkastens gewahrte, fiel es ihm wie Schuppen von den Augen. Er erinnerte sich, daß mit vielem Hausrat auch Goethes gesammelte Werke aus seines Vaters Bücherschrank auf die Flucht gegangen waren, und zumindest einige von ihnen kamen nun fast ein halbes Jahrhundert nach ihrer „Bestattung" hier wieder ans Tageslicht! Langsam zog Heinrich einen Band aus dem Kasten heraus. Der Deckel war fast schwarz geworden, die Blätter von der Bodenfeuchtigkeit stark verfärbt, zum Teil auch verklebt oder verschimmelt, aber die Schrift konnte man noch lesen. Er hielt „Wilhelm Meisters Lehrjahre" in der Hand!

Heinrich hatte in jenen Tagen der Rast auf der Flucht Goethe zu lesen begonnen, nicht aus Neigung, sondern eher, weil ihm keine andere Lektüre damals zur Verfügung stand. Aber was er fast widerstrebend begonnen hatte, war ihm allmählich und besonders beim „Wilhelm Meister" zur Faszination geraten: die Welt der Schauspieler, die geheimnisvollen Gestalten, der Harfner, Mignon...

Hier schloß sich der Kreis. Heinrich war zu der Stätte heimgekehrt, an der sein literarisches Interesse geweckt worden war. Behutsam löste er Blatt um Blatt, bis er zu einer Stelle im Text kam, die ihm besonders vertraut war, und obwohl er etwas gegen Pathos hatte und nicht gern zum „feierlichen Esel" werden wollte, rezitierte er in Gegenwart seines russischen Gefährten, der wohl kaum erfaßte, wovon die Rede war: . . . Ihr laßt den Armen schuldig werden, Dann überlaßt ihr ihn der Pein, Denn alle Schuld rächt sich auf Erden.

Die nächsten Tage bis zum Rückflug verliefen planmäßig. Micha hatte von Heinrich für die tätige Mithilfe bei der „Schatzsuche" eine besonders gute Entlohnung erhalten. Lena, die Heinrich zuweilen mit auffallendem Interesse musterte, sagte er nichts von seinem dörflichen Fund. Dreimal noch erhielt er am Abend auf seinem Zimmer den seltsamen Anruf mit der Einladung zum Rendezvous, und jedesmal kam ihm die weibliche Stimme vertrauter vor. Aber jedesmal benutzte er die Ausrede, er sei müde und müsse noch die Eindrücke des Tages zu Papier bringen.

Die Reisegruppe unternahm eine Fahrt mit einem Motorboot zu der letzten an der Flußmündung idyllisch gelegenen Insel am Haff. Sie fuhr zur Ostseeküste, wo ein Bad in den leichten Wellen Erfrischung bei der sommerlichen Hitze brachte. Am letzten Tag stand auf dem Programm ein Besuch der ersten orthodoxen Kirche, die mitsamt ihrer Ikonostase in der ehemals evangelischen Gottesstatt zu Juditten eingerichtet worden war.

Als Heinrich außen an den dicken Steinquadern des wuchtigen Kirchenschiffs stand und auf die am seitlichen Abhang liegenden Gräber blickte, zwischen denen schon manches russische Keuz Aufstellung gefunden hatte, erinnerte er sich plötzlich, daß er hier auf diesem Friedhof als blutjunger Soldat mehrere Tage und Nächte in Stellung gelegen hatte. Nur die Vorstellung der Heeresleitung, sein Jahrgang müsse Deutschland retten und sei zu schade, innerhalb eines städtischen Verteidigungsringes „verheizt" zu werden, hatte ihm und manchem seiner Altersgenossen in letzter Stunde den Rückzug über die Nehrung und damit die Rettung gebracht. Heinrich trat in den Innenraum der Kirche, in der vor einem Bild des Heiligen Nikolaus, des Schutzpatrons dieser Kirche, ganze Reihen von brennenden Kerzen standen. Fast instinkthaft kaufte er bei der alten Pförtnerin ein Licht, zündete es an und stellte es zu den anderen. Wer weiß, ging es ihm durch den Kopf, vielleicht hatte dieser seltsame Heilige damals bei meinem Entkommen auch seine Hand im Spiel. Schaden konnte der verspätete Dank auf keinen Fall!

Lena hatte Heinrich bei dessen eigenartiger Handlung aufmerksam von der Kirchentür her beobachtet. Als er nach draußen trat, blickte sie ihn schweigend, aber doch mit einem solchen Nachdruck an, daß er glaubte, er sei ihr eine Erklärung schuldig. Deshalb ergriff er ihre Hand und zog sie sanft den Friedhofspfad abwärts, bis sie außer Hörweite anderer Besucher waren. Hier, zwischen den Gräbern, so erzählte er ihr, habe er ihren Landsleuten, seinen damaligen Feinden, gegenübergelegen. Haßgefühle seien in jener Zeit auf beiden Seiten bestimmend gewesen, aber nun sei es an der Zeit, zu vergessen und so etwas wie einen neuen Anfang zu wagen. Es gebe sicher viel, über das sie beide und eigentlich viele ihrer Landsleute sprechen könnten und sollten.

Lena hatte sich nicht von seiner Hand gelöst. Halb erwachsene Tochter, halb junge Freundin stand sie ihm gegenüber und hörte ihm zu. Als er geendet hatte, pflichtete sie ihm bei. Sie verstehe gut, daß er dieses Land als seine

Heimat ansehe, weil er ja darin geboren und aufgewachsen sei. Aber ihr selbst sei eben dieses selbe Land auch Heimat, weil auch ihre Wiege hier gestanden habe und sie hier groß geworden sei. Sie liebe ihre Heimat uneingeschränkt, aber sie spreche auch keinem der „Heimkehrer" das Recht ab, in diesem Land Heimatgefühle zu empfinden. Wichtig sei es, nach Gemeinsamem, nicht nach Trennendem zu suchen.

Heinrich hielt den Zeitpunkt für gekommen, mit Lena über seinen Grabungsfund zu sprechen. Ob er die Bücher wohl durch die Grenzkontrolle bringen könne, wollte er wissen.

Die junge Frau lächelte. Sie habe so etwas geahnt, und sie habe, so erklärte sie, schon mehrfach versucht, darüber und über andere Probleme mit ihm am Abend zu sprechen. Aber ihr Wunsch sei nicht auf Gegenliebe gestoßen...

Heinrich blickte ihr in die Augen. Er bemerkte, daß sie zur Seite sah und rot zu werden begann. „Ja", gestand die junge Russin, „ich habe spät am Abend angerufen, und weil ich mich dafür schämte, habe ich nicht deutsch zu sprechen gewagt. Und Name und Alter waren auch falsch."

Heinrich umfaßte ihre Schultern und zog Lena an sich. „Lenotschka", sagte er, und er ertappte sich dabei, daß er ihren Kosenamen gewählt hatte, „Lenotschka, ich komme bestimmt wieder, und dann werden wir an langen Sommerabenden über alles sprechen, was uns auf der Seele oder am Herzen liegt. Und ich bin sicher, daß wir uns verstehen werden!"

Am nächsten Morgen begleitet Lena in aller Herrgottsfrühe ihre Gruppenteilnehmer zum Flugplatz. Heinrich ging wie bei der Ankunft durch die Reihe der Zöllner. Sein Koffer hatte durch die Bücherlast erheblich an Gewicht gewonnen, und das mußte eigentlich Verdacht erregen. Einer der Männer wies mit dem Finger auf das schwere Gepäckstück und fragte: „Was ist drin?" Heinrich suchte nach einer passenden Antwort. Da fiel ihm sein russischer Spruch ein, den er für den Zoll gelernt hatte. „Äto poderschannüje weschtschi – getragene Sachen", antwortete er im Brustton der Redlichkeit. Das machte offenbar Eindruck. Der Zöllner gab ihm ein Zeichen, weiterzugehen. So wurde Goethe auf der Flucht gerettet.

Die Passagiere gingen nach der Paßkontrolle zu Fuß zu der wartenden Maschine. Außen, am großen Drahtgittertor, stand Lena und winkte ihnen nach. Als Heinrich auftauchte, schwenkte sie heftig ein Taschentuch und rief: „Auf Wiedersehen, Cheinrich!" Und er winkte zurück und schrie ihr durch den beginnenden Turbinenlärm zu: „Bolschoje spaßibo – do swidanja, Lenotschka!"

Während die Maschine zu ihrer Startposition rollte, sah Heinrich immer noch Lenas Taschentuch in Bewegung, und er glaubte selbst dann noch einen weißen Punkt unten zu erkennen, als die Maschine schon abgehoben hatte und steil nach oben zog.

Inhaltsverzeichnis

Ostpreußen im HUSUM ^{TASCHEN}BUCH

Anekdoten aus Ostpreußen
Hrsg. von Gerhard Eckert, 3. Aufl., 93 Seiten, broschiert

Kindheitserinnerungen aus Ostpreußen
Hrsg. von Gundel Paulsen, 4. Aufl., 140 Seiten, broschiert

Schulerinnerungen aus Ostpreußen
Hrsg. von Hans Hermann Schlund, 110 Seiten, broschiert

Witze aus Ostpreußen
Hrsg. von Carl Budich, 5. Aufl., 58 Seiten, broschiert

Ludwig Bechstein, Aus dem Sagenschatz der Ostpreußen und Pommern
3. Aufl., 64 Seiten, broschiert

Annemarie in der Au, Das Jesuskind in Ostpreußen
Eine heitere Legende. 2. Aufl., 62 Seiten, broschiert

Heinrich Eichen, Die Elchbraut
Eine Erzählung von der Kurischen Nehrung. 104 Seiten, broschiert

Grete Fischer, Letzter Sommer in Ostpreußen
Erzählungen. 3. Aufl., 72 Seiten, broschiert

Dieter Grau, Stallupöner Geschichten
Geschichten und Bilder aus dem Land zwischen Trakehnen und Rominten
2. Aufl., 94 Seiten, broschiert

Günther H. Ruddies, Von nuscht kommt nuscht
Ostpreußische Humorgeschichten, 3. Aufl., 107 Seiten, broschiert

HUSUM HUSUM DRUCK-
UND VERLAGSGESELLSCHAFT
Postfach 1480 · D-25804 Husum